dear+ novel
bias love circuit・・・・・・・・・・・・・・・・

バイアス恋愛回路

栗城　偲

新書館ディアプラス文庫

バイアス恋愛回路

contents

illustration：カゼキショウ

バイアス恋愛回路

bias love circuit

仲条響《なかじょうひびき》は、恋心を抱《いだ》いた相手と両想いになりたいと思ったことはない。勿論《もちろん》そうなれたら、とても幸せなことだ。けれど、そんな結末は迎えられないのだということを知っている。

響は男で、恋愛対象も男性である。かと言って、ゲイコミュニティに通う勇気もない。だから、好きになった相手と気持ちが通うことはないのだと、二十年という人生の中で悟っていた。

「——あのさ、俺の気のせいだったら申し訳ないけど、お前わざと俺と同じ講義取ってない？」

自分の気持ちが、好きになった相手の迷惑になるということは重々承知していた。

「いくらなんでも、偶然でこんなに重なるわけないよな？　学年別の講義以外ほとんど全部だぞ？　正直、お前のことよく知らないし、喋《しゃべ》ったこともないし、それでなんでこんなことになってんのかもわかんねえし……とにかく、無理だから。マジで」

だから、そんな風に捲《まく》し立《た》てられなくてもわかっている。わかっているから、追い打ちをかけないでほしい。

そう訴《うった》えたかったが、体が震えるばかりで声にならなかった。

足が竦《すく》んで動かない。対面に立つ男は響を睨《にら》み、目が合うとまるで汚物《おぶつ》を見たかのように顔を顰《しか》め、視線を逸《そ》らした。

哀《かな》しくて、申し訳なくなって、響は俯《うつむ》く。きっと、自分は物欲しげな、まとわりつくような視線を向けてしまっていたのだろう。

眼前にいるのは、倉持司《くらもちつかさ》という同じ大学の男子学生で、学年は響のひとつ上だ。浪人もしていないはずなので、年齢も一歳上のはずである。

倉持は、友人である男子学生二人と女子学生一人を背後に、響を睨みつけていた。

彼と響は、いくつか同じ講義を受けている。勿論、偶然ではない。響は可能な限り、倉持と同じ講義を取っていた。

少しでも、同じ空間にいられたら。ただその一心で。

当然といえば当然かもしれないが、倉持は響の視線に気が付いていたのだろう。

「……なんで俺なんだよ……」

苦々しげに呟き、倉持が舌打ちをする。それは質問ではないようだったので、答えなかった。

きっと彼は覚えていないだろうが、大学に入学したての頃、初めて響に声をかけてくれたのが倉持だったのだ。上京してきたばかりで友人もおらず、ガイダンスの会場がわからずに戸惑っていた響を案内してくれた。

眼鏡をかけた誠実そうな容貌《ようぼう》、そしてぎこちない笑顔と声をかけてくれた優しさに、響は胸をときめかせたのだ。

淡い恋心を伝えるつもりはなく、ただ見ていられれば幸せだった。だから、彼にまともに話しかけたこともないし、その逆もそうだ。

「言っておくけど、お前がこっち見てるのずっと気付いてたから。よく知りもしないやつに毎日毎日じろじろ見られて、ストレスになるってわかんなかったわけ？」

けれど、ついに今日、倉持の「我慢」は限界に来たらしい。

月曜日の一限目——情報処理の講義が終わるや否《いな》や、呼び止められ、廊下に連れ出され、そして今しがたの科白《セリフ》に至ったのだ。

舌打ちの音とともに、「聞いてんのかよ」と苛立《いらだ》った声が鼓膜《こまく》に刺さる。

それなりの声量で発せられた科白に、廊下を行き交う学生たちがこちらを怪訝《けげん》そうにうかがっているのもわかった。

——わかってた。わかってたけど……。

流石《さすが》に、面と向かって罵声《ばせい》を浴びせられるのは辛《つら》い。

口を開いたら泣いてしまいそうで、相手が気分を害していて、謝罪の言葉を口にしなければならないのに、声が出ない。

聞こえよがしな大きな溜息を、倉持が吐《つ》く。

「——とにかく、もう二度と俺の前に現れないでほしい」

「っ……」

はい、と頷きたかったが、声に涙が滲《にじ》んで唇を噛《か》む。それを否定と取ったのか、倉持が「お前さあ！」と更に大声を上げた。

びくりと首を竦ませ、響は震える。

「あー、もうマジで気持ち悪いんだよ、お前！　なんなの⁉　俺がいじめてるみたいじゃねえかよ！」

喋っているうちに不快感が増していったのか、倉持が声を荒らげる。

ごめんなさい、と震える声で謝罪を口にしようとしたのとほぼ同時に「倉持」と傍《かたわ》らの男が止めた。

はっとして顔を上げると、倉持の腕を引いていたのは彼の友人である十時佑仁《ときゆうじん》という男だ。

倉持といつも一緒にいる人物で、周囲より頭ひとつ分背が高く、華《はな》やかな容姿の持ち主で、特に派手な服装というわけでもないのに、人目を引く。講義中も賑《にぎ》やかにしているが、ただうるさいと言うわけではなく、積極的に質問や発言をするので彼のいる授業はいつも盛り上がっている。

響は、正直少し苦手なタイプだった。

「まあまあ、倉持、落ち着けー？」

のんびりした口調で十時に窘《たしな》められた倉持は、ぐっと唇を噛んだ。周囲に視線を向け、そして小さく溜息を吐く。

「……悪い」

頭に上《のぼ》った血が下がったのを認めてか、十時はにっこり笑い、倉持の腕を離した。強張《こわば》っていた倉持の肩の力が、すっと抜ける。

倉持は改めて響に目をやり、そして睨みつけた。

「可愛《かわい》い女子にならともかく、男に見つめられたって気持ち悪いだけだから」

きっぱりと告げられた言葉に、胸が痛くなる。

「物欲しそうな顔で見られるくらいなら、いっそ好きだとかなんだとか、言ってくれたほうがはっきり断れる分マシなんだよ」

言われてもいないのに断ることはできない。生殺《なま》しのような状態についに我慢ならなくなったのだろう。

そんなつもりはなかった、といっても詮《せん》のない話には違いない。

「す、すみませんでした……」

これ以上嫌われることもないだろうが、不興を買うのが嫌で必死に頭を下げる。まだ言い足りないのか、頭上から舌打ちの音が聞こえた。倉持、とまた窘めるような声がする。

「あとは俺が話しておくから。お前先行ってな」

「……ああ、うん。よろしく」

苛立ちを含ませた声で、倉持が言う。けれど随分《ずいぶん》落ち着きを取り戻していたようだ。

そんな遣《や》り取《と》りのあと、いくつかの足音が遠ざかっていく。恐る恐る顔を上げると、目の前にはもう十時一人しかいなかった。次の講義の時間が迫《せま》っているのもあってか、周囲の人気《ひとけ》もなくなっている。

十時は項《うなじ》を掻《か》き、「ちょっと移動しようか」と言った。


学食へ連れられて行くと、学生の姿がちらほらと見られた。

「悪いな、次授業取ってるだろ？」

「あ、いえ、大丈夫です」

どうせこんな気分と半泣きの顔ではまともに受講なんて出来そうにない。

そう、と頷いて、十時は屋内ではなく、テラス席のほうへ向かう。

そこには一組のカップルがいて、その二人から少し離れた場所に座った。

「ええと……」

対面の十時を見ると、彼は頬杖をつき、じっとこちらを注視していた。別に睨まれているわけでもないが、慌てて視線を落とす。

怒鳴られるかも、罵《ののし》られるかもと覚悟して身構えていたものの、彼はなにも言わない。かといってこちらから話しかけるのも難しく、俄《にわ》かに訪れた沈黙を破ったのは、十時のほうだった。

「あのさ」

柔らかな低音で話しかけられ、響はびくりと肩を竦める。

「……いーい天気だな」

予想と違う科白が聞こえてきて、つい顔を上げてしまった。

十時は先程と変わらぬ無表情だ。響と目が合うと、微《かす》かに笑って空を指さす。つられて、空を見上げた。

薄青色の空に、うっすらと雲がかかっている。青天から降り注ぐ日差しはあたたかで、風も吹いていない、穏やかな気候だ。

そういえば最近は、俯いているか倉持を見ているか、くらいの毎日を過ごしていたかもしれない。

空の色がちかっと反射した気がして、響は目を細めた。

「……ですねぇ」

のんびりとした声を発してから、そういう場合でもなかったとはっとする。

視線を向けると、十時はまだ空を見上げていた。その横顔が綺麗で、思わず目を奪われる。

整った顔立ちなのは知っていたが、本当に作り物のようだった。響の視線に気付いた十時が、こちらに向き直り微笑《ほほえ》む。

「ね。こういう日ってどっか行きたくなるよなぁ。俺、この時間一コマ空《あ》いててさ、いつも途中で帰りたくなるし、今日みたいな日だと更に帰りたいっていうか」

「……一コマ空いての授業とか、だるいですよね。真面目《まじめ》に受ける気なくなるっていうか」

緊張しながら言えば、十時は頷いた。

一コマだと、家にも帰れないしアルバイトを入れることもできない。サークルに所属していれば部室棟で時間を潰せるが、響はサークルには入っていなかった。

「それなー。講義の内容が面白《おもしろ》いとか面白くないとか、そういう次元じゃなくなるっていうかさー。もったいないことした。別に詰め込まなくていいやとか思ったけど、なんか入れとけばよかったなーっていつも思ってる」

「はは」

つい笑ってしまった口を、響は手で押さえた。

――笑ってる場合か。

今から叱《しか》られるであろうこの状況で、なにを呑気《のんき》に笑ってやがんだと睨まれても文句は言えない。

けれどそんな心配とは裏腹に、十時は「単位なんてあって困るもんじゃないし――」と言った。

あまりに穏やかに流れる会話に安堵《あんど》する反面、早く引導を渡して欲しいというような気にもなってくる。

落ち着かない気持ちに自ら終止符を打とうと、響は十時との会話を遮《さえぎ》るように「あの」と口火を切った。

「――あの、それで、俺」

勢いよく言ったわりには言葉が続かず、唇を噛んで俯く。

数秒の間のあと、向かいから「んー」と言う声がした。先程と変わらぬテンションで、怒っているのか、気持ち悪いと思っているのか、どうでもいいのか、彼がどういう気持ちでいるのか、まったく読めない。

断頭台に立つような思いで身構えていると、「あのさ」と十時は口を開いた。

「さっき、倉持と俺と、他にも結構いただろ？」

「……はい」

「あれはさ、やっぱり怖かったんだと思うんだ。倉持も」

怖い、という単語に、響は顔を上げる。

「怖いって、なんで……」

「だって、俺らから見て、仲条ってよくわからないから」

年齢と学年もひとつ下で、同じサークルというわけでもなく、ただ、同じ教室にいるだけの後輩。まともに会話を交わしたことすらない関係だ。

「そういう相手があからさまに意識してる感じで見てくるけど、なにも言わないっていう状況……まあ、可愛い女の子だったらともかくね」

可愛い女の子だったら。

その科白に納得する気持ちもあるし、悲しくもある。

十時はオブラートに包んで「怖い」と表現してくれたのだろう。気持ち悪い、得体が知れない、と倉持に感じさせてしまったに違いなかった。

そう言ってじっと、射抜くように見つめてくる対面の十時の視線に、響は気まずくなって顔を俯ける。

「ほらな？　見られるのって結構ストレスだろ？」

ただ見ているだけのつもりだった、という自分の意識が、なんの免罪符にもならないことを突き付けられて、響ははっとした。

「取り敢《あ》えず、こういうの迷惑だからやめてもらえるか？」

こくりと唾《つば》を飲みこんで、なんとか「はい」と返すことができた。

「あの……本当に、すみませんでした。俺そういうつもりじゃなかったんですけど」

「うん、どういうつもりだったかはどうでもいいんだけどさ。でも、これ以上嫌われたくないなら、やめたほうがいいんじゃないか？」

優しい口調と声音だけれど、ずばりと言われて胸が激しい痛みを訴《うった》えるとともに大きく跳ねあがる。

「……もう、倉持さんに近付いたり、しません」

倉持が、こちらを認識していてくれたのは嬉しいけれど、同時に嫌われていたのだと改めて自覚させられて、どん底にまで叩き落とされた。

じわりと涙が滲《にじ》み、慌てて俯く。けれど堪《こら》え切《き》れずに、涙が零《こぼ》れた。

これでは、まるで十時が泣かせたように見えてしまう。

「っ、……すみませ……」

震える声でそう告げると、十時は穏やかな声で「うん」とだけ言った。そして、ぽんぽんと優しく頭を叩いてくれる。

「……っ……」

その瞬間、堰《せき》を切ったように涙が落ちた。

講義中で人がまばらとはいえ、それなりに人目もある。

なのに十時は、何故《なぜ》か響が泣き止むまで、傍にいてくれたのだった。


もう近付いたりしません、と約束したはいいものの、響は倉持といくつも同じ講義を取ってしまっていた。

いくつかは必修科目だし、一般教養も、単位を落とすのは忍びない。故意に合わせたものもあれば偶然重なってしまったものもあり、半分でも落とせば来年や再来年《さ》、痛い目をみることになるのはわかっていた。

とはいえ元々、彼の近くに座ることはなかったので、状況的には結局いつもと変わらない。なるべくあちらのほうを見ないように、と気を付けてはいたが、どうしても目で追ってしまい、視線に気付いた倉持と、その周囲の人々に睨まれる、という場面が幾度《いくど》もあった。

今日も目が合ってしまった、と言えば、事情を知っている友人の岩間《いわま》が、電話の向こうで「なるべく離れておけよ」と忠告してくれる。

『取り敢えず、相手の言うように距離さえ置けば、向こうだって簡単に単位を落とせない事情くらい汲《く》んでくれるだろ』

「……だといいけど」

『やっぱ同じ講義、取り過ぎたんじゃねえの』

「だから、いくつかは偶然だったんだってば……」

倉持は去年、必修である第二外国語を落としたらしく、響と同じ講義を取っている。そのほかにも二つ、意図せず重なった講義があった。

当初は予定より多く重なったことを安易に喜んでいたものの、今となってはアンラッキーとしか言いようがない。

『でも、これ以上不興買ってもなんだし、なるべく離れて座っておけよ。……あとごめん、五分くらい遅れるかも』

岩間は同じ大学に在籍しているが、学部が違う。アルバイト先の、カフェが併設《へいせつ》されたデリでシフトが一緒になり、大学も同じだということで仲良くなった。彼は響がゲイだと把握《はあく》しており、倉持に恋していたことも知っている。

響が籍を置く文学部と、岩間のいる工学部は同じ敷地にあるのだが、共通の講義はほとんどなく、学内で会うにはタイミングを合わせて学食や図書館などで落ち合うしかない。

今日は岩間が一緒に昼食をとろうと誘ってくれたので、学食で待ち合わせをしたのだ。

「あ、じゃあ席取っておくけど、どこの席がいいとかある？」

『別に。空いてりゃどこでもいいよ。ごめん、講義終わりに質問したら研究室来いって言われてさ～……飯食った後に訊けばよかった……』

腹減ったぁ、と情けない声を出す岩間に、響は唇を緩める。少し人見知り気味な響を気にしてくれているというのもあるだろうが、学部が違っても仲良くしてくれる友人がいる、というのが有り難《あ がた》い。

「どうせ俺、次の授業も空きだしゆっくりしてていいよ」

『よくねーし。俺腹減ったし。なるべく早く行くから』

終話ボタンをタップして、学食に入る。昼時ということもあって、席はあらかた埋まっていた。

あまり学食は利用しないので、少々勝手がわからないところもある。ひとまず先に席だけ取っておこうと、響は空いているところに腰を下ろした。

向かいの席に荷物を置き、友人に大体の場所を知らせようと携帯電話をタップする。メッセンジャーアプリを立ち上げたところで、頭に軽い衝撃が走った。

——え……。

現状を把握するより早く、手に持った携帯電話や膝が水に濡れる。

一瞬、自分の身になにが起こったのか、わからない。

茫然《ぼうぜん》としていると、傍らで「倉持！」と呼ぶ声が聞こえた。その声の主が十時だ、ということを頭が認識して、響は顔を上げる。

「あ……」

傍らに立つのは、憎々《にくにく》しげに顔を歪《ゆが》めた倉持だ。その顔色は真っ白で、思わず心配になるほどだった。学食にいる学生たちが、なにごとかとこちらを注視している。

彼の右手にある空《から》のコップを見て、ようやく、自分が彼に水をかけられたのだと理解した。

文字通り、自分は冷や水を浴びせられたらしい。

「おい、倉持！　なにしてんだよお前」

「なんでこいつがここにいるんだよ！」

十時の問いに倉持が叫び、プラスチック製のコップを響に投げつけてきた。反射的に構えた腕に当たり、コップが学食の床の上に落ちる。

しん、と辺りが静まりかえり、呼吸を荒くしている倉持の腕を、十時が摑んだ。

「倉持、ちょっと落ち着け」

周囲にいた他の友人たちも、倉持を囲むように集まり始める。倉持は「触るな！」と十時の手を振り払った。

「なんでいるんだよ！　お前がちゃんと話したっていうから信用したのに、毎日毎日——！」

「ごめん仲条、立って」

喚《わめ》く倉持の言葉を遮《さえぎ》るように言い、十時は響の腕を取った。そして、十時は響のバッグも手に取る。

わけもわからず、促《うなが》されるまま立ち上がり、十時と連れ立って学食の外に出る。髪が濡れた響を、すれ違う学生たちがなにごとかという顔をして見送るのがわかった。

食堂の自動ドアを抜け、テラス側を覗いた十時が「あー、駄目だ」と口にする。

「テラスは無理っぽいな。ごめん、あっちでもいいか」

「あ、はい……」

言われるがまま、腕を引かれるままに、響は十時のあとについていく。到着したのは中庭のベンチで、十時は響を先に座らせた。

続いて傍らに腰を下ろした十時に、反射的に身を強張らせる。怒られる、と思い身構えてしまったが、彼は怒るでもなくバッグからフェイスタオルを取り出して、響に差し出した。

「ほら」

「あ、いえ……大丈夫です。ハンカチ、持ってるので」

差し出されたタオルを断って、ポケットに入れていたハンカチを取り出そうとしたが、何故か動けなくなった。

滴《したた》り落《お》ちる水滴をそのままに、ぼんやりと地面を見つめてしまう。

今日は天気がいいので、風邪《かぜ》を引くこともないだろう。他人事《ひとごと》のようにそう思っていると、大きな溜息とともに頭にフェイスタオルがかけられた。

「拭《ふ》いたらどうだ?」

「あ、はい……」

どうしてタオルなんて持っているのだろう。そう思いながら頭に手をかけたら、不意に涙が零れてきた。

「あれ……?」

頬を伝う涙に、自分自身で戸惑う。

「……お前なぁ」

再度嘆息した十時が、タオルで響の顔をごしごしと雑に擦《こす》り始《はじ》めた。

「いた、痛いですっ」

「文句言うんじゃない。ほら、拭け」

嫌ならさっさと泣き止《や》め、と言いながら顔を擦り続けられる。もはや涙は引っ込んで、もういいです、と肩を押し返した。

手を離してくれたので、ほっと息を吐く。タオルでもう一度顔を擦り、響は十時を見やった。

視線が合うなり十時はにこっと笑い、そしてぐしゃぐしゃと響の髪を掻き混ぜる。大きな掌《てのひら》は、先程涙を拭《ぬぐ》ってくれたときと同様、いささか乱暴だ。

「よし、泣き止んだな」

「お、おかげさまで……」

首がもげるのではと思うほどの勢いで撫《な》でる手から逃《のが》れて、響はタオルを畳《たた》んだ。

「あの、タオルありがとうございます。洗って返します」

「いや、別にそのままでいいけど」

けろりと言って、十時が手を差し出してくる。湿ったタオルをそのまま返せるはずがない。

響はぶんぶんと首を振った。

「洗ってきます。洗わせてください！」

「別にそんな必死にならんでも。……まあ、じゃあ頼むわ」

手を引っ込めたのを見て、響はほっと息を吐く。

「……でもなんでタオルなんて持ってたんですか」

ハンカチやハンドタオルならともかく、フェイスタオルが出てくるとは思わなかった。

そう告げると、十時は「部活で使おうと思ってたから」と答える。

「部活って……ユースホステルですか？」

響が問うと、十時は苦笑した。

「それは倉持が入ってるサークルだろ。俺は空手部」

「え。あ、そうなんですか……」

倉持の所属しているユースホステルクラブは、主な宿泊所にユースホステルを使う旅行サークルだ。

インカレで人数が多いということもあるし、なんとなく、倉持と十時はいつもセットでいるイメージだったので、同じサークルに入っていると思い込んでいた。

そんな疑問を口にしたわけではないが、十時はじっと響の顔を見つめ小さく吹き出す。

「お前、本当に倉持しか見てないんだな」

「あ、いえ、そういうわけじゃ……」

「別に俺も、お前にそんなにチェックされてても困るけどさ」

「あ……」

その科白に、やっぱり倉持は困っていたんだ、と思い知ってそれにも落ち込む。

そして、手に握っていたタオルを見て、顔を上げた。

「あの、部活で使うのに、俺汚《よご》しちゃって……」

「いいよ。一応毎日行けるけど、趣味のサークルみたいなもんだから別に行っても行かなくてもいいし」

「そう、なんですか」

特に会話することもないので当然といえば当然だが、一言そう返すなり、沈黙が落ちる。

気まずいが、食堂から連れ出してくれて、タオルまで貸してくれた相手を置いてさっさと逃げ出すこともできない。

響がまごついていると、十時が「大丈夫か」と口を開いた。

「あ……はい」

そう問われ、先程コップをぶつけられた場所を、触って確認する。学食のコップは軽量のプラスチック製なので怪我はしていないようだ。

不意に、十時が袖《そで》に触れてくると、するりと捲った。つ、と指先が肌に触れ、響はぎくりとしてしまう。

「あの」

「あ、ちょっと赤くなってるな」

「いえ、平気です！」

慌てて手を引っ込める。十時は、微かに目を瞠《みは》り、それから小さく嘆息する。

「さっきのあんまり悪く思わないでやってくれ。……まあ、思わないかもしれないけど」

一体なんのことだろうと首を傾《かし》げれば、十時が苦笑する。

「コップぶつけたのもだけど、水、いきなりぶっかけただろ。ちょっと、気持ちに余裕がなくなってるんだ。普段はああいう真似するやつじゃないんだけど」

知っています、と言おうとして口を噤《つぐ》む。友達でもなんでもない自分が、言う科白ではない。

倉持のことを理解している十時の口調に、ずきりと胸が痛む。彼らの間には友情しかないのはわかっているが、嫌われてしまった響から見るととても羨《うらや》ましく思えた。

「お前さ、なんで食堂にいたわけ？ ……いや、うちの学生なんだから使う権利はあるんだけどそういう意味じゃなくて、いつも使ってないだろ？」

確かに、響は昼時にあまり学食を利用しない。

「今日はたまたま……友達と待ち合わせしてて」

「あー……なるほどなぁ。でも、倉持はそうは思わないかもな」

倉持はこのところ、響の視線を気にしすぎるくらい気にしていた気がする。むしろ彼のほうがこちらの動向を見張っていて、だからこそ響と目が合ってしまうということが多々あった。

「最近ちょっと過敏になってたところに、いつもは学食に来ないはずのお前が来て頭に血が上ったんだろうな」

タオルを握り、響は数度目になる謝罪《しゃざい》を口にした。

「いや、だからって水かけていいわけじゃないし。仲条が謝るようなことじゃないとは思うよ。

むしろこっちが謝るほうだろ」

「いえ、そんな」

それこそ、十時が謝ることではない。

なんとなく不毛な謝り合いになりそうだから、と十時が謝罪合戦を打ち切る。

傍らに座る十時は足を組み直し、息を吐《つ》いた。

「……ていうかそれよりお前、『もうしない』って言ったのに。俺が嘘ついたみたいになっちゃったじゃん」

「え？」

首を傾げた響に、十時は「だからー」と眉《まゆ》を寄せてむくれた。

綺麗で大人びた顔の彼がそういう表情をすると、ちょっとしたあどけなさが出る。

「この間『もう倉持に近付かない』って言ってたろ。俺はそれを倉持に伝えたわけだ。でも、お前相変わらずだし、だから俺が適当こいたみたいになってるだろ？　ってこと」

「あ……」

そのときは本気で言ったし、今もその気持ちに偽《いつわ》りはないけれど、結果的に約束を破っているのと同じだ。

折角仲裁に入ってくれた十時の顔を潰《つぶ》してしまったのだと、今になって響は焦《あせ》る。

「す、すみません！　そういうつもりじゃ……あの、でも俺」

必死に言い訳をしようとしたら、十時は不機嫌そうな顔を、ぱっといつも通りの笑顔に変えた。

「うそうそ。ごめん、本気で謝るなよ。冗談だから」

「冗談……」

よほど響が情けない顔をしていたのか、笑顔だった十時が、慌てた表情になる。

「いや、本当に悪い。場を和《なご》まそうと思ってだな」

「いえ……本当のことですし」

フォローしてくれているが、実際冗談ではないのだろう。

真摯《しんし》に受け止めねばと思う響に、十時が「冗談だってー!」と必死に弁明した。

「本当に冗談だって。お前、ほとんど倉持と同じ講義取ってるじゃん。全部落としたらえらいことになるんだから、教室自体に来るななんて言えないって!」

注意を受けたあとも、響がめげずに講義に顔を出し続けていたことに、下心が微塵《みじん》もなかったとは言わないが、不可抗力であるということは十時も理解してくれているらしい。

そのことについては安堵《あんど》したけれど、よく考えれば十時が理解してくれていても、倉持が理解してくれなければ意味がない。あの様子では、それは望み薄だろう。

「でも、十時さんがそう思ってくれてても……」

「倉持だって、頭ではわかってるって。ただ今は、これまでのストレスもあって、ちょっと気持ちに余裕がないだけだ」

瞬時に否定してくれた十時に、響は目を丸くする。

疑うわけではないが、信じ切れずにいると、十時は駄目押しのように「本当だって」と繰り返した。

「……そう、ですか」

傍にいてもいいと言われたわけではないし、現に先程水をぶっかけられてしまったけれど、多少はお目こぼしをしてもらえるのだということもわかり、ほっと息を吐く。

特段喜ばしいことでもないのに、倉持がこちらのことを少しでも汲んでくれているのだという意見が聞けて、頬を緩めた。嫌われていても、怒らせてしまっていても、倉持が響を認識してくれている、ということを、不毛だとわかっているのに嬉しく思ってしまう。

不意に十時がこちらを見つめていることに気付いた。

二重の大きな瞳にじいっと注視され、居心地が悪くなって居住まいを正す。

「え、と……なんでしょうか」

長い足を組み、膝に頬杖をつきながら十時は首を傾げた。

「んー……なんか不思議だなあ、と思って」

「不思議って……なにがですか?」

恐る恐る問うと、十時は丸めていた背を伸ばす。その勢いに、響は思わず後退《あとずさ》ってしまった。

「なんでそんな必死に恋愛できるのかと思って。それってどういう感覚なの？」

「は……？」

思いもよらぬことを訊かれて、響は目を瞬《しばたた》く。

「それは、その……好きだからです」

なんとか答えを口にすると、十時は指を指して「それ」と言った。

「だからそれ。だって、仲条は倉持のことよく知らないだろ？　喋ったこともほぼないじゃん。なのに、なんで『好き』？　なんでよく知りもしないのに恋愛感情を持つわけ？」

ずばずばと切り込んでくる十時に、響は唇を噛む。

よく知らなくたって、憧《あこが》れて、好きになるくらい誰にだってあることだ。

会話を交わしたことがなくても、隣のクラスの男子や、野球部のエースだった先輩に、淡い恋心を抱いたこともある。

倉持もそうだ。優しく話しかけてくれて、その笑顔に一目惚《ひとめぼ》れしたのだ。

友達から始まって、相手をよく知って恋愛関係に発展することもあるだろう。けれど、それより「可愛いから」「かっこいいから」という程度から、好きになることだってある。

きっかけなんて他愛《たわい》もないことで、ロジカルに条件づけて人を好きになることなんて、みんなそう多くはないのではないだろうか。

そういう類《たぐい》の恋愛は、恋に恋をしている状態、と思われるかもしれない。それを否定することも、響にはできない。だからこそ、告白もせず、そっと見るだけの日々を過ごしていたとも言える。

「と、十時さんから見たら馬鹿馬鹿しいって思うかもしれないですけど、でも俺は」

喋ったことがさほどなくたって、好きな気持ちは本当なのだ。それを薄っぺらいと否定されれば、響だってむきになってしまう。

「あ、いやいや。そういうことじゃなくて」

必死に反論しようとした響を遮って、十時が手を振る。

「別にお前の気持ちを否定しようとかそういう意味じゃないよ。俺さ、よく友達からも『恋愛音痴《おんち》』って言われるんだよね」

「……恋愛音痴、ですか?」

繰り返した響に、十時が笑顔で頷く。

「そう。『恋愛』ってもん自体がよくわからないっていうか」

意外な科白に、響は目を瞬いた。

十時は、倉持をはじめ、いつも友人の輪の中にいる。話しかけられていることも多いし、その傍には男子学生も女子学生も集《つど》っていた。

廊下や中庭で、女の子に抱き付いているのも見たことがある。

なにより、その風貌《ふうぼう》だ。まるで、少女漫画にでも出てくるような、花の似合う美形で、細身で高身長、明るくて快活な男が、「恋愛がよくわからない」などと言ったところで、誰が信じるだろう。

「えっと……」

「友達と違う『好き』になったことがないから。恋愛って友愛とは明確に違うもんだろ？　よくわかんないいんだよなぁ」

だから恋愛音痴、と解説してくれる淡々としたその語り口に、はあ、と気の抜けた返事をしてしまった。

「え……じゃあまさか……十時さんって、彼女いたことないんですか？」

響の好みではないが、本当に、彼の容貌は「少女漫画のヒーロー」なのだ。心なしかまとう空気がきらきらしているときもある。

愛想もいいし、友人の倉持ともめている響にでさえ、話しかけてくれる優しさの持ち主でもあった。さぞかしもてるだろうことは、響にもわかる。

けれど、十時は顎《あご》を摩《さす》りながら、渋い顔をした。

「彼女……彼女ねー……。いたことはあるけど、彼女がいたからって恋愛感情持ってたわけじゃないし」

けろりとひどいことを言って、十時が頭を掻く。

少女漫画顔の男がそれを言うと、どこか下衆《げす》な響きがあって、響は戦《おのの》いてしまった。

「あの……じゃあ、好きでもない人と付き合ってたんですか」

「嫌いじゃなかったよ。友達としては好きだったし。それに、付き合ってみて思ったけど、俺、どっちかっていうと性欲が湧くの、女より男だしなあ」

「はい⁉」

さらっと天気の話でもするように、性的嗜好《しこう》をカミングアウトされ、響は思わず周囲を見渡した。

幸い、学生の姿がなかったので誰にも聞かれてはいないだろうが、無防備にもほどがある。

「突然なに言ってるんですか⁉」

「自分だってそうなのに、なに驚いてんの？」

「いや……俺は……」

実際響の恋愛対象が同性であるのは間違いないのだが、明確には十時に宣言していない。

けれど、「違うの？」と確認されて、「違わないです」としか返しようがなかった。

「そ、そういうことじゃなくて、そんなこと……ここで言わなくても」

「ああ、そういうことね。それは失礼しました。でもまあ、彼女もいなかったわけじゃないけど彼氏もいたし、どっちでもいいけどどっちかっていうと男のほうが好きだなとは思った」

「だからなんでそういうことをはっきり言うんですか⁉　公衆の面前で！」

恋人の話を振ったのは響だったが、慌てて遮った。それなりにきちんとした人物かと思っていたら、十時が案外ズレているということを知り、何故か響のほうが焦《あせ》ってしまう。

動揺する響を見て、十時が笑った。

「別に、今は人がいないんだからいいじゃないか」

「よくないです！　誰が聞いてるかわからないところで、無防備にもほどがありますよ！」

「俺、童貞じゃないけど、初恋はまだなんだよな」

「人の話聞いてます⁉」

焦ってそう叫ぶと、十時はそんな響を見て声を立てて笑った。冗談、というわけでもないのだろうが、その顔は、まるでいたずらっ子のようだ。

何故自分がここまで必死にならなければいけないのか。なんだか、物凄《ものすご》く馬鹿らしくなり、気が抜ける。

「ど、童貞じゃないなら……誰かと恋愛したんじゃないんですか？　男の人のほうが好きなんですよね？」

「だから、嗜好としての『好き』はあるけど、恋愛かどうかって言われると微妙だって話だよ。わかんないやつだなー」

「えぇー……？」

まるで響のほうが聞き分けが悪いといわんばかりの科白に、混乱してくる。「ええと」と響は首を捻《ひね》った。

「それって……」

「性愛と、友愛と、恋愛って全部違わないか？」

なんだかもっともらしいことを言われているような気もするが、やはり詭弁《きべん》のような気もする。

「お前だって、エロ本読んだりAV見たりしたらそれなりに性欲湧くだろ？　でもそれってその対象に恋愛してるわけじゃないだろ？」

「いや、まあそうですけど、でも……えー？」

「嫌いな相手とだって、頑張ればできそうだろ？　じゃあ、抱けるから恋愛感情を持っているとは限らないわけじゃないか」

畳みかけるような十時の説明に黙り込む。

響も男なので、恋愛感情がなくても好みのタイプに誘われたらふらっと行ってしまう、という感覚はわからないでもない。

「だから、付き合ったからって恋愛感情があったとは一概《いちがい》には言えないと思わないか？」

「……十時さんが言うとなんかえげつないですね」

「なんでだよ。わからないんだからしょうがないだろ。付き合ったのは別に嫌いな相手ってわけでもなかったからだし」

でも、誰とでもするわけじゃないだろうから、それこそが恋情と友情の違いなのではないか。

「それに、俺、自分から告白して付き合ったことないし」

「……あまりそういうこと言わない方がいいですよ」

事実を述べているだけなのだろうが、日々恋愛で悩んでいる側としては、軽い殺意が芽生える。

「だから、仲条みたいに嫌われてるのに相手を追いかけ回せるのってすげえなあって。しかもよく知りもしないのに」

「う……」

はっきりと「嫌われている」と言われて、心が抉《えぐ》られた。

痛む胸を抱きつつ十時を見やれば、彼はただにこにこと笑っている。当てこすったというわけでもないらしいが、その科白はそれなりに響にダメージを与えた。

「もういいです。お気持ちはわかりましたから……」

「ん？　ああ、だから、感心してるんだって。嫌われてる相手に片想いができてるお前に」

別に嫌味とかそういう意味で言ってるんじゃなくて、と言う十時に、響は頬を引きつらせる。

「それに、面識もないのに『好き』ってなる気持ちって不思議だなーっていつも思ってたんだよな」

会話をしたこともない相手によく告白されるらしい十時が、不思議そうに言う。

こちらに非があるので強くは言えないが、悪気がないとはいえ精神攻撃を行うのはそれくらいにしてほしい。もはや、響は虫の息だ。

「だからお前の隣で見てたら少しは『恋愛感情』ってもんが、わかるかな?」

続けてのんびりと問われ、響は目を瞬く。

――それは、つまり……俺を監視する、ってことだろうか。

肯定《こうてい》されるのも怖くて、「え?」と首を傾げてみせれば、十時は無言で目を細め、響と同じ方向に首を傾けた。

「おはよ」

翌日の一限目、教室の一番前の廊下側の席に座って、鞄《かばん》から教科書やノートを取り出していたら、隣に誰かが腰を下ろした。

はっとして傍らに顔を向ける。そこに座っていたのは十時だった。

昨日の宣言通り「隣で」見ることにしたらしい彼に、響はひっと息を飲む。

「お、おはよーございます……」

「ん。ねむ……」

十時は欠伸《あくび》を嚙み殺し、長い足を持て余しながらずるずると腰を下げるようにして座り、帽子を脱いだ。

「……てか、最前かよお前。俺、この位置初めて座ったわ」

うわあ、と微かに顔を顰め、十時がホワイトボードを見つめる。

この時間、倉持たちは窓際の一番後ろのほうか、もしくはそれより少し前に座るのが常で、この席が彼らから一番遠いところになるのだ。

落ち着かないなら元の席に戻ってもいいんですよ、と言いたいのはやまやまだが、十時が「ま、いっか」と結論付けてしまったのでそれ以上は口に出せない。

——ていうか、本当に来た。

彼一人倉持たちから離れて、響の隣に来るというのは、つまり昨日言っていた「監視」を実行している、ということなのだろう。

暗い気持ちになりながら、響は教科書とノートを開く。

「そういえば、昨日の友達どうだった？　待ち合わせてたんだろ」

問われて、響ははっとして頭を下げた。

「あ、えっと、はい。それでその、昨日はすみませんでした」

「ああ、いやいや。そりゃ怒るだろ」

昨日は、十時と首を傾げて微妙な顔で笑い合っているところに、用事を終えた岩間がやって来たのだ。

彼は濡れている響を見るなり、「あいつにやられたんだな！　いくらなんでも水かけるか普通!?　俺がやりかえしてきてやる！」と激怒していた。

おまけに「あんたもあいつの仲間だったな！」と、倉持の友人である十時にまで怒りが完全に飛び火したので、お礼もそこそこに岩間を連れて離席したのである。

「でも、お前が濡れてるだけで、よく『倉持に水かけられた』ってわかったな、あいつ」

「なんか、あのとき近くに俺の顔を知ってるっていう岩間の友達がいたらしくて」

響と違い、岩間は学部違いの友人も多い。響が一人でいるときも「岩間の友達だよね？」と声をかけられることがあった。

昨日は、食堂で響の顔を知っていた岩間の友人が幾人か、「なんかお前の友達、学食で水かけられて因縁《いんねん》つけられてたぞ」と実況中継よろしく、岩間にメッセージを送っていたらしい。

その後の響の動向も送られていたようで、岩間はそれらの情報を頼りに、学食ではなく直接中庭のベンチに来てくれたのだ。

「あーなるほど。『てめえの友人の手綱《たづな》くらい握《にぎ》っとけ！』とか言ってたもんな」

「あの、本当にすいません。十時さんには、助けてもらったのに、失礼を……」

しかも、十時からすれば、岩間の発言はブーメランでしかない。「お前も響の手綱を握っておけ」と言わない十時は心が広いと思う。

もう一度頭を下げようとした響の肩を、十時が軽く叩いた。

「いいって。そもそも、水かけるのは確かにやりすぎだし。……それよりさ」

「は、はい？」

十時はごそごそと鞄を探り、取り出したルーズリーフを顔の前に翳した。

「この講義のノート。写させてくれないか？」

「あ、えっと……はい」

どうぞ、と差し出す。ありがとうと言って受け取った十時は「お」と声を上げる。

「な、なんですか？」

「お前、ノート綺麗だなぁ！　すげえ」

そんな風に響を褒《ほ》めて、十時はノートを写し始めた。

一日分程度かと思っていたが、割と抜けがあるようで、だいぶ遡《さかのぼ》っている。

曰《いわ》く、寝坊をするので、一限の講義に間に合わないことがよくあるそうだ。そう言われてみると、確かに、倉持はいつも六人か七人くらいの男女グループで固まって動いているが、一限の授業は四人くらいしかいないことも多い。倉持も時折欠席していた。

「この『近世文学概論』って出欠取らないだろ？　ますます起きられないんだよなぁ……」

そんな言い訳をしながら二ページほどを写したところで、教授がやって来てしまった。ノートを返して欲しかったが言い出しにくくまごついていると、十時は察してすぐにノートを戻してくれる。

「ありがと。仲条、あとでもっかい写させて」

身を寄せた十時に小声でそう言われ、響もつられて声を潜《ひそ》める。

「あ、はい。でも携帯で撮ったほうが早くないですか？　それか、めんどくさいですけどコピーしてノートに貼るとか」

なんなら自分がコピーをしてきてもいい、というつもりで問うと、十時は首を捻った。

「うーん、まあ撮ったほうが楽なんだけど、頭に入らないじゃん。これ、普通にテストあるし。あとコピーとか金勿体《もったい》ない。写せばタダだし」

「——百円しないくらいですけど」

響の返しに、十時は微かに目を瞠る。

「じゃあその金で、お前にジュースを奢《おご》ってやるよ」

確かに、学内にある自販機の紙パックのジュースは百円でおつりがくる。

別にそういうつもりではなかったのに、にこっと笑ってそんなことを言う十時に、響は目を丸くした。

それが「監視」している相手に向けるものとして相応《ふさわ》しいのか、戸惑って顔を俯ける。

相変わらず、ぱっと花が咲くような綺麗な笑顔だ。その割に近寄りがたさもないので、「よく知りもしないで」寄ってくる女の子は多そうである。

「いえ、ジュースは別に」

「なんだよ。折角先輩が奢るっつってんだから奢られとけよ」

でも、と食い下がろうとしたが、教授がレジュメを配り始めたので、口を噤《つぐ》むしかない。

後ろの席にレジュメを回す際に、教室の隅っこを陣取《じんど》る倉持たちが視界に入った。倉持と目が合う。睨まれる前に、響は慌てて目を逸らした。

その授業が終わるなり、十時は響の腕を引いてすぐに教室を出る。

「ど、どうしたんですか?」

「次も同じ講義取ってるだろ。ノート写させて」

なにもそんなに急がなくても、と口にしかけてやめる。次の講義も、倉持が一緒なのだ。そして十時は、いつも彼らが座る席より遠いところに、響とともに腰を下ろす。

「仲条。ノート」

「……はい」

差し出された手にノートを載せると、十時は「ありがとう」と言って写し始めた。

あくまで目的はノートだということにしてくれるようだが、こうして一緒に行動するのは「監視」の一環なのだろう。

当然だ、と思う一方、自分の恋が他人に迷惑と面倒をかけ続けていることに心が沈んだ。

十時は二限が終わった後、本当にジュースを奢ってくれた。

どれがいい、と訊かれたのに遠慮《えんりょ》して答えられずにいたら、彼は「苺《いちご》ミルク」を買って響に手渡したのだ。

「苺ミルクが好きなんですか」と訊いたら別にそうでもないと言うので、何故これなのだろうと疑問が湧く。それを察したらしい十時からは、「なんか仲条っぽいから」という謎《なぞ》の回答を得た。

特に意味はないのだろうけれど、これを女の子にもやっているのだとしたら、ちょっと罪作りな気はする。勿論、十時くらい顔面偏差値《へんさち》が高いからこそより誤解を生む、という側面はありそうだが。

苺ミルクは特に好きでもないけれど嫌いでもない。取り敢えず礼を言ったら、十時は「ノートありがとな」と言って、響の肩を軽く叩いたのだった。

久々に飲む苺ミルクは、思ったよりも牛乳味が薄く、そして甘かった。

十時は以降、講義が重なる時は必ず響の隣の席に座るようになり、相手が響を警戒している、という事実を見せつけてきた。

その反面、十時は響に対し「見張っている」のだというような刺々《とげとげ》しい態度は決して取らない。

挨拶は普通にしてくれるし、講義中、話し合いの場ができたりすると、隣席である十時と自然に組むことも多くなった。

「……十時さんは、嫌じゃないんですか?」

一緒に過ごす時間が多くなって一週間が経った頃、図書館内で、唯一会話をすることのできる学生用会議室でそう訊ねる。

今は響と十時以外の学生の姿はない。

二人の間には、近世文学演習という講義で使うレジュメの草案が広がっている。この演習では井原西鶴《いはらさいかく》を扱《あつか》い、学生二人がペアになってレジュメを作り、二回に渡って発表をする、というのが主《おも》な授業内容だ。

響と十時はふたつ後の発表なのだが、教授から課題を与えられたので、揃《そろ》って図書館で話し合いをしている。

十時は首を傾げ、そしてぐるりと回した。凝《こ》っていたのか、ごきっと骨の鳴る音がする。

「嫌に決まってるじゃん」

十時からあっさりと返ってきた言葉に、ぎくりとする。

——そりゃ、嫌だよな。友達の盾《たて》になってるだけなのに、無理矢理ペアまで組まされたら。

わかってはいたが、はっきり言われると流石にショックだ。一緒にいることも増え、彼がいい人なので多少気を許していたのもある。だったら訊かなければいいのにと、自分でも思うのに、ざっくり傷ついている自分に内心苦笑する。

「仲条？」

「あの……俺、一人でも大丈夫なんで、十時さんは——あいたっ」

ぱちんと音を立てて額を叩かれ、響は反射的に悲鳴を上げる。じんじんと痛む額を押さえて視線を上げると、十時は眉根《まゆね》を寄せて息を吐いた。

「あのな、傷つくくらいならいちいちそういう試すようなこと言うんじゃねーよ。めんどくせえな」

面倒くさい、と自覚のある己《おのれ》の性格を指摘されて、響はぐっと言葉に詰まる。

「べ、別に俺は」

「嫌に決まってるだろ、演習なんて。めんどくせえし寝てられねえしさ。筆記テストなしで評価が出るのは楽なところだけど」

嫌なのは響と二人でいることではなく、発表のことだったらしい。

思わずほっと息を吐くと、十時が苦笑した。

「お前は本っ当に面倒なやつだな……」

「しみじみ言わないでくださいよ……自分でもそう思ってますから……」

響の返答に、十時は何故か笑い声をあげた。十時は笑いのツボが浅いらしく、よくしょうもないことで笑っている。

響の自虐的《じぎゃくてき》な性格を、鬱陶《うっとう》しいと言いながらも笑い飛ばしてくれたりするのだ。

「でもさぁ、なんで井原西鶴で町人物？　とか思わないか？　そこは『男色大鑑《なんしょくおおかがみ》』だろって、なあ？」

「……十時さん……」

恐らく「敢えて」だろうが、デリカシーのないことを言う十時に、響は項垂《うなだ》れる。

「いいじゃないですか、町人物。読み応《ごた》えあるし」

「まーな。面白《おもしろ》いは面白い。でも井原西鶴ってエロ作家のイメージ強いだろ？」

「井原西鶴をエロ作家呼ばわりしたら怒られますよ……」

武家物でも町人物でも構わないが、好色物でなくてよかったと思う。学生相手に好色物で授業を展開するのを教授が躊躇《ちゅうちょ》したのかもしれないが、十時と響で色恋メインの好色物を読み解くなんて、皮肉にも程がある。

「演習の話じゃなくて——十時さんは、俺と一緒にいて嫌じゃないんですか」

わざと十時が逸らしてくれたであろう話を、無理に戻す。

十時は資料に落としていた視線を上げて、片頬に笑みを刻んだ。

「だから、否定して欲しくてそういうこと言うのは面倒くさいぞ、仲条」

「っ、今のはそうじゃなくて……俺の気持ちの話じゃなくて！　十時さん、最近全然お友達といないじゃないですか。大丈夫なんですか」

恐らく倉持から響を引き離すためだろう、十時は常に行動していた友人グループを抜け、このところ、響といつも一緒にいる。

それはあくまで、授業中隣同士に座る、というだけの話だったのだが、最近は十時と響が各授業でペアになることも多く、こうして授業時間外も一緒にいる時間が増えてしまったのだ。

グループが違えば疎遠《そえん》になることも多くなる。響も一年生のときに取った講義が結構重なっていたという理由で一緒にいた友人は、学年が上がったら重なる講義がなくなり、今はほとんど連絡も取っていない。時折、学食や図書館で見かけても、数回に一度、声をかけるかかけないか、という程度だ。

「なんだ、そんなこと気にしてんのか」

「……だって実際、十時さんに大分面倒をおかけしていることは間違いないと思うので」

「大丈夫だって。必修は基本同学年しかいないし、それに休みのときとかは一緒に飯食ったり遊んだりしてるから、全然問題ない」

「あ、そう……ですか。……お手数をおかけします」

響の科白に、十時がふっと吹き出した。やはり笑いのツボの浅い十時は、なにがおかしいのか、くふくふと笑っている。

居心地が悪いものの、不思議と嫌な気持ちはしないので、響は溜息をひとつするにとどめた。十時と並ぶようになり、響が倉持に睨まれる回数は格段に減った。単純に、彼と目が合わなくなったからだ。

響がつい倉持のほうに目を向けそうになると、十時がその体を使って壁になる。にっこりと笑いながら「んー?」と首を傾げられると、響も尻尾を丸めて顔を逸らすしかない。

「まあ、倉持を目で追う回数は減ったよな」

「おかげさまで……っていうのもなんか変ですけど」

自分の恋が望み薄なのは承知で、それでも、好きな相手を目で追ってしまうというのは、反射のようなものである。

それをなんとか堪えられるようになったのも、確かに横で壁となってくれている十時のお陰だろう。

「でもわっかんねえなあ、そういうの。無意識に目で追う……?」

「十時さんだって、気付いてないだけで過去にそういうことってあったと思うんですけど」

「ないね、そんなの」

即答する十時に、響は思わず鼻白《はなじろ》む。

今まで恋人が何人もいて、恋する気持ちがなかったなんてやはり信じられない。そんな気持ちが顔に出たのだろう、十時は持っていたペンの頭を響に向けた。

「そういうのよくないぞ」

「なにがですか」

「仲条だって、同性同士で恋するってことを否定されたら、悲しいだろ。なのに、俺のことは否定するわけ？」

十時の科白に、響ははっとした。

「……俺も、別に冗談言ってるわけじゃない」

唇をへの字に曲げ、十時は机の上に突っ伏した。

「俺だって、この『恋愛音痴』っぷりに結構悩んでるんだぞー？」

「……そうは思えないんですけど」

思わずそう返した響に、十時は勢いよく上体を起こした。

「悩んでるって。小さい頃から友達が惚れたのハレたの言ってるのに、自分だけわかんないから ついていけないし、初恋もまだだって言うと馬鹿にされるか嘘つき呼ばわりされるから無理矢理女子の名前言ったりとか！」

「あ、それはなんとなくわかるかも……」

響は物心ついたときから恋愛対象は同性だった。けれど、周囲は女の子が好きだと言う。同性を好きだというのは自然なことではないのだ、というのを肌で感じて、本当に好きな相手のことは口にできなかった。

それでも「誰が好き?」という話は出るもので、暫《しばら》くは芸能人などの名前で誤魔化していたが、そのうちそれでは許してもらえなくなるので、思いついた仲のいい女子の名前を言ったことも一度や二度ではない。

——意外なところで、共感するんだな……。

彼の言動に、時折物凄《ものすご》く皮肉られている気がしてしょうがないときがあるが、彼は彼なりに、本気で悩んでいるのだと、思わぬ共通点から知った気がした。

「今は装うのやめたけど……それはそれで怒られるし」

「そりゃそうでしょ。散々やることやっといて『恋愛的に好きじゃない』なんて言ったら、相手も周りも怒りますよ」

相手には言わないし、と十時が唇を尖《とが》らせる。だからといって仲間内で暴露《ばくろ》するのもそれはそれでどうなのか。

確かに、話を聞けば聞くほど、十時は「恋愛音痴」のようだ。

彼に日々の面倒をかけている身としては協力してあげたいのはやまやまだが、そういう響も真っ当な恋愛をしてきたかというと、微妙なところだ。

「だからこれ以上怒られないように、仲条に教えを乞うてるんだろ」

「でも俺、片想いしか経験ないんですけど……」

恋愛経験というものを定義したときに、両想いに限定するなら、響は色々な意味で未経験である。

そんな気持ちを口にすれば、十時は首を傾げた。

「片想いだって、立派な恋愛だろ？」

「――……」

十時にとっては、何気なく発した言葉かもしれない。

けれど、いつも一方的だった自分の気持ちを、ちゃんと認めてもらえたような気がして響は言葉に詰まる。

「俺みたいに『なにも思うところがない』とかいうよりよっぽど恋愛してると思うけど」

「そう……ですかね」

「そうだろー。宜《よろ》しくな、先生」

いつものように、揶揄《からか》う口調に戻った十時に、響は思わず眉を顰《ひそ》める。

「なんですか、先生って」

「先生だろ？　俺の『恋愛の先生』」

「……やめてくださいよ、両想い経験もない童貞に『恋愛の先生』とかいう肩書き、分不相応すぎます」

別に冗談を言ったつもりはないのに、十時は響の科白を受けて盛大に吹き出した。

失礼すぎる、とむっとすれば、ごめんごめんと手を合わせて謝ってくる。相手はひとつ上の先輩だが、このところ、やけに気安く対応してくれるせいか、友人のように返してしまう。

十時もそれは不快ではないようだが、相手は先輩で、好きな人の友人なのだ。ちゃんとしなければ、と思う矢先に、十時がまた「先生」と呼んで揶揄ってくる。

「だからね、十時さん……」

「先生、なんか先生らしいこと言って。俺に指南して」

「……恋は『する』ものじゃなくて『落ちる』ものだと思うので、俺には教えることはありません」

つい調子に乗って彼の冗談に乗ると、十時は「先生かっこいい～！」と大ウケした。

ポエムめいたことを口にしてしまったダメージが遅れてやってきて、響は資料を彼の目の前に積む。

「もう、そんな馬鹿な話はいいですから。レジュメ作りますよ！」

ほらほら、とせき立てると、彼は片手を軽く挙げて「はーい、先生」と笑った。

共同の発表が終わった頃には、十時からの呼び名が「仲条」から「響」に変わっていた。名前で呼ばれると距離感も変わる気がする。自分たちも周囲も、二人が友人だという関係性に慣れてきた。

時間の経過とともに、響もたとえ十時がいなくとも倉持のほうへ目を向けないようにすることが、意識せずにできるようになってくる。

それでも十時は、倉持と一緒の授業のときは常に響の傍にいた。

十時が横にいるということは、まだ彼らが警戒を解いていない、ということでもあるのだろう。その事実に多少の落胆《らくたん》を覚えながらも、十時が「もう大丈夫だな」とあっさり離れていったら、それはそれで寂しい気分になるに違いない。

そう自覚できる程度には、響の生活に、十時の存在が馴染んでいた。

七月に入り、テストが目前に控《ひか》えだすと、ノートの貸し借りや売買が始まる。響は専《もっぱ》ら提供する側で、その中には十時も含まれていた。

大学近くにある、チェーン店のドーナツ屋で、十時は小さなノートパソコンを駆使して黙々と響から借りたノートを写していた。

「……別にいいんですけど、十時さん俺と一緒にいるとき、割と真面目にノートとってませんでしたっけ？」

十時の奢りである、チョコレートのたっぷりかかったドーナツを齧《かじ》りながら響が言うと、十時はキーボードを叩きながら軽く頭を振った。

「響と一緒にいるようになってからはな。それまでの分だよ。結構あるから、いっそテスト前にまとめて写そうと思ってた。あと、ついでに見落としがある可能性も高いから全部写してる」

「ええ⁉　全部って、どれくらいかかるんですか！」

「別に今日、用事ないんだろ。いいじゃん」

確かに用事はないが、貸したノートを全て打ち終わるまで待たなくてはならないのかと、少々げんなりする。

ここはお暇《いとま》し、後日返してもらう、という方法もなくはない。けれど実際響も暇《ひま》ではあるし、ドーナツを奢られているので付き合うことにした。

「それに、お前のノートめちゃくちゃわかりやすいしな」

十時の友人、つまり倉持を含むグループは、一限以外の出席率はそれなりだが、ノートは全員が真面目にとっているわけではないようだ。きっと、響が提供したノートは十時経由で彼らにも回ることだろう。

「それはどうも」

褒められれば悪い気はしないが、気のない返事をして、響はアイスティーを啜《すす》る。冷房の効いた店内には、響たちのほかに、学生や親子連れでいっぱいだ。

手持ち無沙汰《ぶさた》になりつつ、携帯電話を手に取ると、後ろから肩を叩かれる。

振り返れば、そこに立っていたのは岩間だった。

「響じゃん！　なに、お前もテスト前のノート集め？」

「岩間。……いや、俺は貸す側だけど、『も』ってことは、ノート集めてんの？」

響の指摘に、岩間が図星を突かれた顔をする。トレイを持って立つ彼の隣には、小柄《こがら》な女の子が立っていた。目が合ったので会釈《えしゃく》をすると、彼女も小さく頭を下げる。

「岩間くん、友達？」

「うん。文学部のほうのね。仲条響、と……――」

笑顔になっていた岩間の表情が、突如険《とつじょけわ》しくなる。彼の視線が響を越えてその後ろに向かっているのがわかった。

「……十時さんと一緒なんだ？」

トーンが低くなった岩間に、十時はキーを打つ手を止めないまま「よお」と小さく挨拶した。

「あ、うん。ノート貸してくれって頼まれたから」

「ふうん……？」

岩間は、響が片想い相手に公衆の面前で水をかけられたことを、響以上に怒っていた。なので、倉持の友人である十時に対してもあまりいい感情はないようだった。

あの日の事情を説明したものの、連れ出してフォローしてくれたことはともかく友人が暴挙に出る前に止めろよ、と未《いま》だに言っている。

響と十時は、行動をともにすることが多くなって徐々に親密度が増していたけれど、普段の様子を知らない岩間にしてみれば、何故「倉持の友人」と一緒にいるのか、というところだろう。

「あ、ええと、だからノート代としてここは全部十時さんの奢りで」

ノートを貸せと脅《おど》されたわけでも、集《たか》られているわけでもないということを響は慌てて言い添える。岩間は少し気の抜けた顔になり、それから嘆息《たんそく》した。

「……そんなに必死になってフォローしなくても、噛みついたりしないって」

「いや、噛みつくとかそんなんじゃ」

その割に剣呑《けんのん》な目を向けたままの岩間に、響は冷や汗をかく。

「岩間、それより、彼女と一緒なんだろ。早くしないと混んでるし座れなくなるぞ」

「彼女じゃないいない！　誤解だよ！」

岩間より早く、女の子のほうが否定する。そんな全力で否定せんでも、と岩間が苦笑した。

「だって本当に違うでしょ。あたしはノート貸すだけのクラスメイト！」

「まあ、そうなんだけど。じゃあな、響。十時さんも、お邪魔しました」

「ん～」

十時は相変わらず、キーを叩きながら相槌《あいづち》を打つ。

窓際の空いている席のほうへと向かう二人を見送り、あの、と響は声を潜めた。

「なんか、すみません。俺が悪いのに」

「ん？　お前はなんも悪くないし、あいつも悪くねえだろ。俺も悪くねえけど」

そんな風にけろりと言う十時に、響はほっとする。

誤魔化しやフォローというより、本当にそう思ってくれているのなら、ありがたい。

十時はキーを打つ手を止め、「ところで」と口にする。

「あれは、彼氏彼女なのか？」

あれ、というのは岩間たちのことだろう。

「いや、う～ん……どうでしょうね？」

実際どうなのかわからないので曖昧《あいまい》に濁《にご》せば、十時は唇を尖らせる。

「なんだよ先生しっかりしろよ～」

揶揄うように言う十時に、響はつい笑ってしまった。

「だから『先生』じゃないです。……ていうか、俺なんかに恋愛の指南を求めるより、あっちのほうが『先生』に向いてるんじゃないんですか。岩間は今まで何人か彼女いたので」

実際あの二人が付き合っているかどうかは定かではないものの、自分などより、他の同年代の恋愛経験者のほうがよほど実になることを教えてくれそうだ。

けれど十時はあっさりと「駄目だろ」と否定する。

「なんでです？」

「今まで付き合ってきた人数が問題なわけじゃないから。——やっぱ、同性と異性じゃ違うだろ。少なくとも、あいつらに葛藤《かっとう》があるとは思えないし」

確かに、まず立ちはだかるのは「同性を好きになる」ということに対する躊躇《ちゅうちょ》だ。

自分は相手のことが恋愛として好きなのか、本当にその気持ちは友情とは違うのか、という疑いは、常に響も抱いている。そこの見極めを誤ると、相手とは永遠に交われなくなる可能性があるのだ。

「……でも俺、いつも一方的に好きになっただけなんですけど。伝えたこともないですし」

「だから前も言っただろ。俺はそれすらないし、『報《むく》われなくても好き』ってのがわからんから、お前の傍にいるんだけど」

何回言わせるんだよ、と眉根を寄せる十時に、響は唇を引き結ぶ。

こうして一緒にいて、響はひとつ、気付いたことがある。

響の「恋」をちゃんと「恋」として捉《とら》えてくれた人は、十時が初めてかも知れない、ということだ。

それはやはり同じ嗜好だから、ということが大きくかかわっているのかもしれない。

岩間も、響が同性に対して恋愛感情を持つことを知っているうちの一人だ。けれど、彼は異性愛者なので、共感してくれているわけではない。

そこが、今までの友人と十時との差異だろう。

――でも。

先生、とふざけて呼ばれる呼称に、最近は本当に違和感しかない。

十時と一緒にいて、先生などと呼ばれて「恋愛」の話をしているうちに、自分の過去の恋は「恋愛」とは呼べなかったのではないか、という疑念が湧いている。

片想いも立派な恋愛だ。

十時はそう言うし、自分もそう思っていたけれど。

十時と話しているうちに、響のしてきた「恋」は「執着」であり、「幻想」であったのではないか、という気にもさせられているのだ。

「響？」

黙り込んだ響に、十時はキーを打つ手を止めた。話しかけられても一切顔を上げないくらいだったのにと、少し意外に思う。

「あ、はい？　なんです？」

「響は、なんかないの。恋人にしてほしいこととか」

「してほしいことっていうか、俺の場合、まずは『両想いになりたい』ってところから始まるんですけど」

すかさずそう答えれば、十時は「つまらねえ」と首を振った。面白い回答ばかり期待されても困る。

けれど十時はめげずに、「なにかあるだろ」と身を乗り出してきた。

「なにかって……」

「両想いになりたい、ってのは大前提だろ。でも、今まで『両想いになったらあれしたい』『これしたい』みたいのだってあったろ？　ないとは言わせねえぞ」

「えー……」

それは、響も健全な男子なのでまったくないとは言わないが。

「なんかあるだろ。ほら。言ってみ？」

「突然そう言われると……思いつかないっていうか……」

手を繋ぐとか、電話をするとか、キスをするとか、ゆくゆくは体を重ねるだとか、そういうのは夢のまた夢だ。

せっつかれて、しどろもどろになりながらも、そんなささやかな希望を口にしてみる。

しかし、その程度の希望は「恋人なら絶対することじゃん」と何故か却下《きゃっか》されてしまった。

一応先生と呼ばれている立場なのに。

「――ていうか別にそれ以外のことなんてないですよ！　じゃあ逆にどういう答えを期待してるんですか！」

「だから、憧れのシチュエーションとかってことだよ。得意料理をふるまいたいとか、夢の国でカチューシャ付けて写真撮《と》りたいとか、お姫様抱っこしてほしいとかさ」

「えー……？」

さっき自分が口にした願望となにが違うのかと思いつつも、響はうんうんと唸って必死にひねり出す。

不意に思いついたことがあり「あ」と声を上げた。けれどその内容を告げるのは躊躇われ、口を噤む。

それを十時が聞き逃してくれるはずがない。

「なに？　なんかあったか」

「あー……ええと……」

「なんかあるんだろ？　なに？」

「……『壁ドン』とか？　ですかね」

「壁ドン」

復唱されると気恥ずかしさが増して、響は項垂《うなだ》れた。一体なにを口走ってしまったのかと、後悔する。

「まあ、乙女《おとめ》の憧れのシチュエーションですよね。俺は乙女じゃないですけど」

早口でそんな言い訳をして、面白くもないのに響はあははと笑い飛ばす。

「あー、壁ドン。壁ドンね。よくあるやつだな」

だがこういうときに限って、何故か十時は笑ってくれない。そして、ふうん、と首を傾げた。気まずい思いを抱きつつ俯いていると、彼は手をこちらに向けて、人差し指でちょいちょいと響を呼ぶ。

「はい？」

「ちょっとこっち来てみ」

こっち、というのは十時の隣のことらしい。

十時が座るのはソファ席で、一応テーブルも四人掛けなので、二人で並んでも窮屈《きゅうくつ》にはならない。

とはいえ、テーブル席で、カップルシートのように片側に男二人が座るのはどうなのか。なにか変ではないか。

「なんでですか」

「いいから来いって。ほら」

ほらほら、と言いながら、十時が少し体をずらしてソファ席のシートを叩く。年長者からの命令に逆らうのは性格的に難しいので、響は大人しく彼の隣に移動した。

言う通りに腰を下ろしてみたものの、やはり違和感がある。

「あの……来ましたけど。なんですかこれ」

「うん、だから」

そう言うなり、十時は響の肩を掴み、壁に押し付ける。

背中に壁が触れるのとほぼ同時に、十時は響の顔の横に手をついた。

「は……？」

「——壁ドンって、こう？」

通りのいい中低音でそう囁き、十時が真顔を作る。

至近距離にある十時の美しい顔に、響は目を丸くした。遠目から見ても美形だというのはわかるが、近くで見ても鑑賞に堪《た》えうるのは流石だ。

女性だけでなく、男性相手でも引く手数多《あまた》であろう十時が「恋愛音痴」というのだから、世の中ままならない。

じっと見つめ合い、十時がいたずらっ子のような顔になった。

響もぱちぱちと目を瞬かせ、そして、二人同時に吹き出す。

「十時さん……これ、絶対違う……！」

「うん、俺もそう思ってた！　やばいこれ全然ときめかねえ……！」

弾《はじ》けるように揃って笑い声を上げると、周囲の視線がこちらに飛んでくるのがわかった。

響は慌てて口を押さえ、元の席に戻る。頬が火照《ほて》ってしまい、手で扇《あお》いで冷ました。

「あーもう、気持ち悪い。なんだったんですか今のは」

「だから壁ドンだって！　お前が憧れって言ったんだろ！」

笑いながら言う十時に、響は思い切り首を横に振った。

「今のは俺の憧れの壁ドンじゃない！　少なくともドーナツ屋のソファ席でやることじゃないですから！」

じゃあどこでやるんだよ、とつっこまれ、そう言えば壁ドンってどこでやるんだろう、と響も考えてしまった。

一瞬思案する仕種《しぐさ》をした響に十時が吹き出し、またつられて笑い合う。

少なくとも十時と響の関係でやるものではない、というのだけはわかっていた。十時が美形なもので、なんだか怪しい雰囲気《ふんいき》が醸《かも》し出《だ》されてしまったのが、響の笑いのツボに入る。

ちらりと対面の十時を見ると、視線に気付いて先程のキメ顔を作るので、再び盛大に吹き出してしまう。

「ひどいな、お前。俺の顔を見て笑うとは」

「も……やめて……ほんと、無駄な美形……！」

今なら箸《はし》が転げても笑ってしまうと、響は心を落ち着かせるためアイスティーを飲んだ。

ようやく落ち着き、胸を押さえて息を吐く。

「……はー、笑った。俺の初壁ドンが十時さんに軽率に奪われてしまった」

「お前の初壁ドンの価値が俺には見出《みいだ》せないが、なんかごめんな」

まったく申し訳なさそうな謝罪を受ける。そんな軽口を叩きつつ、ふと響は気が付いた。

「ていうか、あくまで妄想として憧れてたんであって、リアルでやられるとなんか違いますね」

ドラマや漫画で見ると、あんなに心ときめくシチュエーションだったというのに、実際はまったく琴線に触れなかった。

「そりゃそうだろ。こんなのフィクション以外でやったら、ただの威嚇《いかく》行為だ」

わかっているなら何故やったのだろう。意外と体を張って笑いを取りにいくタイプなのかもしれない。

「あ、でもやられてみて思ったんですけど、あれは多分、男女間でやるからいいんですよ」

壁ドンをするのが美形な十時であるところまではよかったが、されるほうはやはり華奢《きゃしゃ》な女性にしないと絵にならない。男同士だと十時が言うように、構図的にはより威嚇しているような雰囲気が増す。

それに、好きな相手や気になる相手にしたりされたりするからときめくのであり、友人関係のような先輩後輩同士でやっても意味がない。

「あー、でもリアル男女でやってもなんか居《い》た堪《たま》れない感じですかね……。あくまで少女漫画で見るからいいのかな」

そんな分析をした響に、十時が「あ」と声を上げた。

「――そうそう。少女漫画で思い出した」

そう言いながら、十時が鞄から財布を取り出す。なにごとかと思えば、中から紙片を出された。

「なんですかそれ」

ひらり、と目の前で紙片が翻《ひるがえ》る。

「映画のタダ券。バイト先でもらったんだけど、お前行かない？」

「え……いいんですか？　でも他に行くお友達とか、いるんじゃ」

響が疑問を口にすると、十時はずいっとチケットを差し出してきた。

そこに印刷されているタイトルを見て、納得する。

夏休み映画として、テレビなどでも大々的にＣＭが放送されている、有名な少女漫画を原作にした恋愛映画であった。

「……誘っても、誰も来ないだろ。少なくとも、男のツレはみんな恋愛系は苦手なタイプだな」

「ああ……まあそうですね、男同士では……。でも同じグループに女子いるじゃないですか」

響の言葉に、十時は思い切り顔を歪めた。

「……あのなあ。こんなこと言うのもなんだけど、こんなゴリゴリの恋愛映画に誘って、友達でいられなくなったら困るだろ？」

つまり、女友達を恋愛映画に誘って変な雰囲気になっても困る。下心があると思われたり、それを踏まえて意識されたりするのもよろしくない。なにせ、十時は「恋愛音痴」なのだ。

他の男が同じことを言ったら「自意識過剰《かじょう》」と非難される案件だが、十時はそんな発言でも納得してしまうような美形である。響もつい、なるほど、と頷いてしまった。

「別に、一時的に恋人になっても構わないかもしれないけど、絶対破綻《はたん》する」

「そういえば、女性もいけるんでしたね」

今までは流されて付き合ってきたとしても、もう恋愛沙汰《ざた》で友人を失うことに嫌気がさしたのかもしれない。だから、彼は恋愛音痴を直したいのだろう。

「で？　響は、恋愛映画とか苦手な人？」

ひらひらとチケットを振る十時に、響は頭を振る。

「あ、全然。嫌いじゃないです。……ていうか、十時さんこそ、いいんですか？」

「なにが？　ああ、響と行くこと？　いいんじゃないの別に。だってお前、倉持が好きなんだろ？」

「まあそうですけど」

お前は俺を好きになんてならないだろ、という意味合いの科白が返ってきて、響は即答しつつ頭を掻いた。

そういう意味ではなく、「恋愛音痴のくせに恋愛映画を観て楽しいのか」ということだったのだが、返答を聞くにそのあたりは問題ないのだろう。改めて訊くのも失礼な話だ。

——なんだか、腑《ふ》に落ちないというか、もやっとするな。

もしチケットが勿体ないというだけなら、二枚とも誰かに譲ればいいのでは、とも考えたのだ。けれど、その選択肢を選ばないあたりも踏まえて、わざわざ水を差す話でもないかと思い直した。

「じゃあ、いつにする？　響、バイトのシフトどうなってんの？」

「えぇっと……」

お互いに携帯電話を出して、スケジュールを確認する。それぞれアルバイトのない日と、映画館が空《す》いていそうな曜日を選んで、日取りを決定した。

「待ち合わせどこにする？」

「十時さん、何線使ってるんでしたっけ？　取り敢えず、映画館の最寄り駅でいいんじゃないですか？」

それもそうか、と十時が納得し、集合時間も決める。

そうして遊ぶ約束を取り付けてから、十時とどこかへ遊びに出掛けるのはこれが初めてなのだということにも気付いた。

いつも、大学内か、大学近くでカフェに入ったりすることが多いのだ。

「どうかしたか？」

「あ、いえ。十時さんと遊ぶのって初めてじゃないですか？」

響の問いに、十時はきょとんと目を丸くして、「言われてみれば」と頷いた。そして、両手を頬に当てて、可愛らしいポーズを取る。

「わー。初デートじゃん！」

「……はいはい」

「……お前、最近冷たくない？」

最初からハートウォーミングな感じなど一切ない付き合いだったはずである。そう思いつつも、響は「そんなことありませんよ」と微笑して首を振った。

男二人で恋愛映画、というのは状況的に微妙かもしれない。けれど、それはそれで楽しみになってきたのだった。


それぞれの試験が終わると、大学は夏休みに入る。

試験会場で顔を合わせた後は暫《しばら》く会う機会もなく、映画の約束をした日が、数日振りの再会となった。

本当は映画館の最寄り駅での待ち合わせだったのだが、十時はだいぶ早めについたらしく、響が家を出る時間に「先に行ってる」とメッセージが届いた。結局、映画館での集合である。

商業施設の中にある映画館は、平日とはいえ夏休みということもあり、学生カップルや親子連れでごった返していた。半分は子供向けの映画目当てで、もう半分が響たちと同じ恋愛映画を観に来たのだろう。

——すごい人だな……。十時さん、見つかるかな?

響は、人ごみを避けて、壁にもたれかかる。

メッセンジャーアプリを開くと、商業施設内で時間を潰していたらしい十時から「もうそろそろ映画館に着く!」と連絡が入っていた。立て続けに、映画館の入り口を通った、というメッセージが表示される。

まだ時間があるので、ゆっくりでいいですよと返し、自分が待っている場所の目印を伝えた。

それから間もなく、携帯電話の向こう側に、人の立つ気配がする。

「あ、十時さ——」

視線を上げたのとほぼ同時に、響の顔の横を腕が通った。そして、背後にどんと手が突かれる。

目をぱちくりとさせると、目の前に立っていた十時がこちらを見下ろしながら、にっと笑った。

「——お待たせ」

低く作り声を出す十時に、響はぷっと吹き出す。先日のドーナツ屋での大笑いがぶり返しそうになり、どうにか堪えた。

「なにしてんですか」

「壁ドン」

得意げな顔をする十時の手を取って外し、「ああもう全然ときめかない」と苦笑する。

「俺もときめかないんだよなぁ」

「じゃあなんでやるんですか。カツアゲみたいなんで、本当にやめてください」

「お前……それはひどくない？」

折角頑張ったのに、と唇を尖らせる十時に、響はまた笑ってしまう。

響が「憧れる」といったシチュエーションをやってくれる気概は買うけれど、やはりときめけない。

「こんなオシャレなカツアゲがいるか？」

「それ自分で言っちゃうんですか……いや、まあおしゃれですよね、十時さんは」

長身で、かつ頭身が高いというのもあるが、遠目にもファッションモデルのような風采《ふうさい》だ。シャツとクロップドパンツというシンプルな着こなしなのに、センスがある。肩にかけたショッパーすら、アクセサリーのようだ。

響はファッションセンスがないのを自認していて、アクセサリーの類はどれくらいつけたらいいのか迷ってしまうため、なにもつけない。つけても腕時計程度で、それはおしゃれというより必要に迫られて、という理由だ。大学では試験中携帯電話を見られないので、時間確認に腕時計は必携《ひっけい》である。

十時はシンプル過ぎず、うるさ過ぎず、という絶妙なスタイリングだ。これがおしゃれというものか、と素直に感心する。

「俺なんて普通っていうか、なんかちょいダサいくらいで……、どうしたんですか」

なんだか苦い顔をしている十時に、首を傾げる。十時はもごもごと唇を動かし、「そこはつっこめよ」と顔を顰めた。

「はい？」

「なんでおしゃれとか認めちゃうんだよ。恥ずかしいじゃん俺」

美形なので褒められ慣れているかと思えば、意外なところで照れを見せてくる。

「照れるくらいなら自分で言わんでくださいよ……」

なんなんですか、と言ったら肩をぶつけられた。照れ方が乱暴だ。

そんなやりとりをしているうちに、開場の時間になった。

「あ、そうだ。タダ券って当日券に変えないといけないんですよね？」

「そんなのもうやってるって。ほれ」

そう言って、十時は座席の指定券を一枚、響に差し出した。中央に近い、それなりにいい席だ。

——……あれ？　まさか、十時さん、いい席とるために早く来てた……とかじゃないよな？

まさか。

それならそうで、アピールしてきそうなキャラでもある。じっと見つめていると、十時が怪《け》訝《げん》そうな顔をした。

「なんだよ？　どうかした？　席変えるか？」

「あ、いえ……なんでもないです」

「響、飲み物とかどうする？　なんか食う？」

「映画のときは、食べ物なくてもいい派です。トイレ行きたくなるのも嫌なんで飲み物も別に……十時さんは？」

「俺も両方なくていい派」

一緒ですね、などと言いながら、並んで入り口を抜ける。

中に入ると、半分以上が女性客だった。男性客の姿もちらほら見えるが、男同士、という組み合わせはあまり多くなさそうだ。

映画を観るだけなのに、なんだか今になって周囲にどう思われているかが気になって緊張してきてしまう。あくまで客は映画を観に来ているだけであって、ほかの客のことなど気にしていない、とも思うのだが。

——意識するほうが変だよな。

「響」

「はいっ⁉」

咄嗟に上げてしまった大声に、他者の視線が飛んでくる。もう一度声を潜めて「はい」と返事をしなおした。

「これ、原作が漫画なんだけど、響は読んだことあるか？」

「あ、ないです。少女漫画は全然読まないので」

それに、原作のイメージが壊れるのが嫌なので、実写を観てから原作を買うことはあっても、原作既読の実写化はあまり観ないほうだ。

そんな発言を受け、十時は「ちょっとわかる」と頷いた。

「これ、原作もいいぞ。おすすめ。映画観て、響がそこそこ気に入ったら貸してやるよ」

――え。持ってるんだ。

チケットは「バイト先からもらった」と言っていたし、ただなんとなく勿体ないから観にいく、という程度だと思っていた。

十時が二枚とも誰かに譲らなかったのは、ちゃんと原作を読んだ上で映画を観ようとしたからだったのだ。

「ありがとうございます。十時さんがそこまで言うなら、ちょっと興味あるし、読んでみたいです。……十時さん、少女漫画とか読むんですね」

口に出してしまってから、偏見のある言い方だったかと焦る。けれど十時はそうは思わなかったのか、頷いた。

「うちは姉貴と妹いるからな。基本その二人が少女漫画も少年漫画も読むから、一緒に読んだりする」

あっさりとした返答に、彼を不快にさせなかったことを知って胸を撫で下ろす。

「だから貸すのは姉貴の本だけど、まあ多分大丈夫だ。お前、人から借りた本汚したりしないだろ?」

「そりゃまあ……十時さんって三人兄弟なんですか?」

「そ。中間子」

弟でもあり、兄でもあるという事実に、なんだか納得してしまう。

――……でも、お姉さんと妹さんいるなら、どっちかと行けばよかったんじゃ……。

タダ券を譲ってもらった立場で言う科白でもない。そんな風に思い返したところで場内の照明が落ち、互いに口を閉じた。


少女漫画が原作というだけあって、内容は徹頭徹尾《てっとうてつび》恋愛ストーリーだった。

この夏、最高の恋。などというよくあるコピーのついた映画は、会場内にいた人間の涙腺を刺激したらしい。鑑賞中、何度かすすり泣く声が聞こえてきた。

響は泣きはしなかったものの、よくできた映画だな、とエンドロールを眺めながら感心する。原作を知らない、ということもあるのかもしれないが、十分に楽しめた。

――……あんな恋愛、実際したら大変そうだなぁ。

リアルな恋愛で、それほどの波乱は必要ないだろう。けれど、創作物としてはやはりストーリーに山と谷が欲しいのもわかる。やや性急なのは、実写化の宿命か。

「十時さん――」

面白かったですね、と声をかけようと傍らの十時を見たら、彼は真正面を見据《みす》えたまま唇を引き結んでいた。

「と、十時さん?」

小さく震えている彼に声をかけると、彼ははっとして上を向いた。

首を九十度に曲げている。どうやら、泣くのを堪えているらしい。

必死の様子の彼に、響は思わず噴き出した。そんな気配を感じ取ったのか、十時が上を向いたまま「笑ったな⁉」と声を上げる。

「十時さんこそ、泣いてるんですか」

「泣いてねーよ馬鹿ふざけんな」

意地を張っているのは見え見えで、声が震えている。立ちあがると、天井《てんじょう》を向く彼と目が合った。

確かに泣いてはいない。表面張力ギリギリで耐えていた。

「十時さん、早く行きましょう。飯に」

「お、おう。待てや」

十時は器用に、真上を向いたまま席を立った。反《そ》った喉が露《あらわ》になる。その喉仏に触れてやろうかと思ったが、意地悪するのはやめておいた。

「……そのまま移動したら怪我しますよ」

「連れてってくれ頼む」

両手をずいっと差し出される。腕を引いてくれ、ということらしい。

「もういっそ泣いたらどうなんです」

「泣いてねーよ。ただ俺は上を向いて歩きたいだけだ」

一体なんの意地なのだと半《なか》ば呆れ、半ば笑いながら、響は往生際の悪い十時の手を掴み、引いた。段差がありますよ、気を付けてください、などとエスコートする。

劇場のドアをくぐったタイミングで、「ぶはあ」などと大きく息を吐き、十時がきちんと正面を向いた。どうやらやっと涙が乾いたらしい。

「もういいんですか?」

「うむ」

素晴らしい天井だった、と十時が嘯《うそぶ》く。

お役御免《ごめん》だとばかりに手を解こうとしたが、十時はそのまま歩きだしてしまった。

「と、十時さん？　あの」

手を、と指摘しようとした響に気付かずに、十時は「なに食うかー」と言いながらもう片方の手で携帯電話を操作し始める。

「あの」

「なに食う？　俺今日すげえパスタの気分なんだけど」

「あの、それはいいんですけど」

十時はグルメサイトの情報を見るのに必死で、手を繋いでいることに対して頓着《とんちゃく》していない。

先程から少しずつ他人の視線が突き刺さっている。

映画館の入っている商業施設の中にある洋食屋に決めた十時は、店の前に着いてからやっと、ごく自然な感じに手を解いた。

人目が気になり、早く離してほしい、と思っていたのに、いざそうなると少し突き放されたような気分に陥って動揺する。それを誤魔化すように、響は触れられていた手をごしごしと擦った。

「二名様ですか？　こちらへどうぞ」

お昼時を過ぎていたこともあり、さほど待たずに店の中に入ることができた。

二人でパスタランチを頼み、ほっと息を吐く。

「映画、面白かったですね」

そんな風に話しかけると、十時は若干ばつが悪そうにした。

普段、揶揄われるのは響のほうで、十時は常に人を食ったような顔をしていることが多い。なんだかいつもと違う表情が見られて新鮮だ。

「……原作読んで流れ知ってたのに、なんか駄目だったな～。動くとまた雰囲気違うっていうかさー」

「そういうときありますよね」

「来るぞ来るぞ、って身構えてたのに、むしろ原作のほうも思い出しちゃってダブルでやられた感じ……」

はー、と大きな溜息を吐き、十時が頬杖をつく。少し赤味の差した目元を見つめていると、十時はコップの水を飲みながら、「なんだよ」と睨んで来た。

「いや……十時さんって、恋愛もの好きなんですね」

「あ?」

「いや、だから、恋愛音痴って言ってたから、恋愛ものって苦手かなーとか思うじゃないですか」

とは言え、映画のチケットをもらった段階で、苦手ではないだろう、という察しはついていた。

けれど、今の様子を見る限り、「苦手じゃない」というよりむしろ「好き」なのでは、と思うほどの入り込みようだ。

十時は、響の問いに、軽く首を傾けた。

「あー……まあ、そうだな。俺自身は恋愛音痴だけど、恋愛ものは結構好き」

「へー、なんか意外というか……」

「バカお前、SF好きだからって宇宙工学に興味があるとは限らないだろ？」

――それとこれとはなんだか違うような気がする。

そう思いながらも、年長者の言うことなので、取り敢えず逆らわずにおこうと、頷く。

なんだかその意外性が微笑ましかった。

「……馬鹿にしてる？」

「してませんよ。全然」

その言葉に嘘はなかったが、十時は不満げに柳眉《りゅうび》を寄せた。


映画を観た日に、なんとなく次に会う約束をして、以降十時は響を頻繁《ひんぱん》に遊びに誘ってくれるようになった。

響のほうから誘うこともあり、週に二、三回はどこかしらに遊びに行っている。十時がいつもつるんでいる面々のうち、二人はリゾートバイトでずっと東京を離れ、カップルが一組出来上がってデートに忙しいというのも影響しているらしい。

確かに、友人に恋人ができると、遊ぶ機会は格段に減る。

響も十時もそれなりにアルバイトの予定を入れていたが、タイミングが合えば夕飯を一緒にとっていた。響が一人暮らしなので融通《ゆうずう》が利《き》きやすいというのもあったし、普段の食事はコンビニでおにぎりを買って済ます、という話をしたせいで心配してくれているらしい。

『狡《ずる》い。十時さんとばっかり。俺とも遊べよ！』

八月に入り、そんな風に電話をしてきたのは岩間だった。バイトでそれなりに顔を合わせてはいたものの、夏休みに入ってからまだ一度も遊んだことがない。

『なんで十時さんとばっかり！　響、冷たくねえ⁉』

子供のようなことを言う岩間に少し笑ってしまったが、振り返ってみればこのところ、ずっと十時とばかり遊んでいたことに気が付いた。

岩間は、倉持の件もあって十時のことを未だに警戒してくれているらしい。いい人だよ、と響が擁護《ようご》すると「どうだか」と不満げな声を上げる。

そこまで心配してくれている友人に不義理だったかもしれない。反省しつつ、響は港で行われる花火大会のことを思い出した。

花火の数は多くないが、夏祭りの規模としてはそれなりである。去年は岩間と遊びに行ったのだ。

花火大会に行かないか、と誘うと、「俺も誘おうと思ってたんだ！」と返ってきた。


花火大会当日、待ち合わせ場所に向かうと、岩間の周囲には浴衣《ゆかた》の女の子たちが集まっていた。

思わず声をかけるのを躊躇する響に、岩間が気付いて手を挙げた。

「響！　こっち！」

「ええと……」

今日は二人で遊ぶ予定ではなかったのか、と女の子が数人いることに戸惑いつつ、岩間の傍へ近づく。

「岩間くん、ともだち？」

先日ドーナツ屋で見かけたのとは違う女の子が、岩間のシャツを引っ張りながら可愛らしく問いかけている。

響が「仲条です」と軽く会釈をすると、女の子たちはそれぞれに「どうも～」などと言いながらひそひそと内緒話をし始めた。

――う……こういうの苦手……。

女子特有の、この笑いを含んだ内緒話に、響は苦手意識がある。

もしかしなくても自分は邪魔なのではないか。少々居心地の悪い思いをしていると、岩間に腕を引かれた。岩間は女の子たちに背を向け、歩き始める。

名残惜しそうにする彼女たちが気になって、響は岩間をうかがった。

「……いいの？　岩間」

「いいよ別に。じゃあな～。ナンパには適当に気を付けろよー」

岩間は女の子たちに手を振る。そして、ぽんと響の背中を叩いた。

「今日は俺、響と遊ぶつもりで来たからいいんだって」

あの中に、もしかしたら岩間に思いを寄せる女の子がいたのかもしれない。悪いことをしたかな、とちらちら振り返ると、まだ同じ場所にいた女の子たちが一斉《いっせい》にこちらを注視していた。

なんだか怖くなって、慌てて前を向く。

「……じゃあ取り敢えず、お言葉に甘えて男の友情深めますか」

「そうそう！　お、わたあめ食おう、わたあめ！」

話をさっさと切り上げて、岩間が露店目掛けて走っていく。

変な気遣いはしないほうがいいようだ。きっと、岩間にも色々あるのだろう。

大きなわたあめを買って戻って来た岩間は、それを響にも差し出す。

「あ、なんか久々に食うかも……」

「俺、去年の夏に食べたきりだわ。なんか祭りに来るとどうしても欲しくなるんだよなぁ」

原価安いくせに、とか機材が高価らしいぞ、とか文句とも考察とも言えないことを言い合いながら、わたあめをつまむ。手がべたつくのが玉に瑕《きず》だが、夏祭りに食べると美味《うま》く感じる。

わたあめを手に歩いていると、前方から来たカップルが「おー！」と岩間に声をかけてきた。岩間も「おー！」と返し、そのまま立ち話をするでもなくすれ違う。

「今のは？」

「今のは、同じ学部のやつ。と、多分その彼女」

「……顔広いなぁ」

地元の祭りだからといって、こうも知り合いに遭遇するものかと感心する。響の場合、学内にいてさえ、「おー」などと声をかけあう友人などあまりいないのに。

「ちなみに、さっきたむろってた女子も同じ学部」

「彼女がいたとかじゃなくて？」

響が問えば、岩間は右目を眇《すが》める。

「彼女はいないな。てか今別に誰とも付き合ってないし」

以前、ドーナツ屋で遭遇した相手は本当に恋人ではなかったようだ。

「女同士で暇だったから、声かけてきたんだろ。あわよくば俺の友達と一緒に廻《まわ》りたい的なところもあったみたいだし」

「それは……道理で睨まれたわけだ。なんか、期待に応えられず申し訳ない」

岩間は響より少し背が高く、十時とは違う方向に整った顔立ちである。恐らく岩間の待ち人が「友人」ときいた彼女たちは、同じレベルの男を期待していたのかもしれない。

響の科白に、岩間は目を丸くした。

「あれは睨んだんじゃなくて、むしろ逆だろ。まあ、ギラギラしてたけど」

と岩間がフォローしてくれるので、思わず苦笑する。

「元より、女の子は恋愛対象にならないけど、現れたのが俺みたいなのじゃがっかりさせたろうなぁ……」

そんな風に言うと、「お前はそのままでいてくれ」と岩間に肩を叩かれた。

「なにが」

「てか、ここ大学近いし、ぶらぶらしてると同学部とかサークルのやつとか結構会うぞ。去年も割と声かけられたし」

「あー……そういえば」

去年も岩間が沢山声をかけられていて、感心したのだった。

相変わらず、自分と違って充実した大学生活を送っているのだな、としみじみ思っていると、岩間の携帯電話が鳴り出す。

岩間は液晶画面を見て顔を顰め、すぐにポケットに捻じ込んだ。けれど携帯電話はしつこく鳴り続けている。

「いいの？　出なくて」

「いいよ、別に……」

留守録に切り替わる度《たび》に改めてかけてこられるようで、電話は鳴り止まない。響が気にしているということもあってか岩間は「悪い」と謝って渋々通話ボタンをタップした。

「——はい。……は？　なんで。いや、知らないって。そんなの……」

相手は女性のようだ。結構なボリュームで話しているようで、内容までは聞こえないが、電話の向こうから高めの声が聞こえてくる。

「だから困るって。行けるかよ。俺いま、友達と……いや、え——……？」

岩間がちらりと響をうかがう。逡巡《しゅんじゅん》するようなその表情に、いいよいいよと口パクで伝える。

そんな響に表情を曇《くも》らせ、岩間は息を吐いた。「わかった」と告げて電話を切る。

「……ごめん、ちょっと抜けていいか」

「うん、いいよ。なんかあったんだろ？」

彼女はいない、などと言っていたが、岩間も色々あるらしい。友人の恋路を邪魔する気はないので、響は笑顔で送り出す。

見送られつつ、岩間は「本当に彼女じゃないから！」と何度も言い訳していた。照れ隠しだろうかと微笑ましい。

——さて。どうしようかな。

ちょっと抜ける、とは言っていたものの、もう一度岩間と合流できるかどうかもわからない。かといって、このまますぐに帰るのも勿体ない。

——折角だし、花火でも見て帰るか。

見えやすそうなところまで移動しようか、と思案していたら、携帯電話が鳴った。十時からのメッセージが入っている。

開いてみると、『お前今日どこにいる?』とあった。

意図はわからないが、呼び出されるのだろうか。岩間とこのあと会えなかったとしても、別の場所に移動するのには微妙な時間帯だ。

『今、港の花火見に来てます』

そう返すと、すぐに既読のフラグが立った。

『どこにいる?　俺も今花火見に来てるんだけど』

「え……」

この時期の風物詩でもあるので居合わせても不思議ではない。けれど、意図せず同じ場所にいる、というので少しテンションが上がってしまう。

『いま、露店並んでるのを抜けて、橋のところにいます』

陸橋《りっきょう》の歩道はもう沢山の人が並んでいる。まさか見つけられないだろう、と思っていたら遠くから「響」と呼ぶ声が聞こえた。

——え。マジで？

きょろきょろと周囲を見回すと、また「響！」と声がする。

「十時さん？」

響も応じて呼び返したら、背後から肩を叩かれた。

「わあ！」

「……いた」

思わず声を上げた響に、十時は大きく嘆息する。今日はシンプルなシャツにデニム、という姿だったが、やはりおしゃれに見えた。

数日振りに会うので「お久し振りです」と言えば、苦笑されてしまう。

「よう。ひとりか？」

「あ、はい」

首肯《しゅこう》すると、十時は眉尻を下げ、ゆるく頭を振った。

「お前……いくら友達少ないからって祭りに一人って」

「ち、違……途中までは友達と一緒でしたよ！」

ただ、彼が別のほうに呼び出されて離脱しただけだと説明したら、今度は「置いて行かれたのか」と憐《あわ》れまれた。

違う、と否定しようとして確かにその通りだと響は口を噤《つぐ》む。

「誰だよ、その薄情な友達は」

「薄情ってわけじゃ……岩間ですよ。前に中庭とドーナツ屋で会ってると思うんですけど」

「ああ、なんかちょっとアイドル顔の」

アイドル顔、がどういう顔立ちなのかはよくわからないが、多分それですと適当に同意する。

「なんか、響いつもあいつと一緒にいないか？」

学部も違うのに、という十時の指摘にぐっと詰まる。

「どうせ俺は友達が少ないですよ」

「拗ねるなよ。ただ、いつも一緒だなと思っただけだ」

同じ学部に岩間ほど仲のいい相手もできないまま、二年に進級してしまった。

現在は、岩間以外だと十時と一緒にいる時間が一番長いのだが、十時は「見張り」として傍らにいるわけなので、カウントしてはいけないだろう。そんな事実を改めて受け止め、しくりと胸が痛む。

「……いいんですよそんなことは！　十時さんこそ、一人じゃないですか」

「バカ、誰が一人だ。……一応」

何故か口ごもった十時に、響は首を傾げる。

「一応?」

そして、その背後から姿を見せた人物に息を飲んだ。

「……ええと。どうも」

「え──」

ある程度距離をとっていたので、気が付かなかった。軽く会釈をしたその人は、倉持だった。

十時と行動するようになってから、徐々に視界にも入れないように努力していた片想いの相手に、響は固まる。好きな人であり、同時に蛇蝎《だかつ》のごとく己を嫌う相手と対峙するのは緊張する。

何故そんな人物を連れているのに、響にわざわざ声をかけてきたのか。

そんな疑念を、相手を目の前にして口にするわけにもいかず、けれど不可解で、戸惑いながら十時を見つめる。

十時はばつの悪そうな顔をして、倉持を肘《ひじ》でついた。倉持ははっとして、頭を掻く。

「ええと……その」

「──あの」

倉持の言葉を、響は思わず遮った。それから、勢いよく頭を下げる。

「あの、すみませんでした!　なんか、色々……嫌な思いさせて!」

ただ見ていられればいい——見ているだけなら許される、そういう控えめな振りをした傲慢《ごうまん》な考えが、以前の響にはあった。他人からの視線はストレスになるという当たり前のことも思いつかなかったのだ。

こっちを見るな、目の前に現れるなと言われたあとも、暫くは視線が合う度に倉持に嫌な思いをさせていただろうことは想像できる。

謝罪をしたことで許してもらえるとは思っていないけれど、響はきちんと謝っておきたかった。

腰を折った響の視界に、対面の二人の靴が映《うつ》る。倉持の脚が、躊躇うように動いた。

「もう怒ってないっていうか……その、やめてくれ。頭上げてくれよ」

恐る恐る顔を上げれば、倉持が視線を逸らしたまま頭を掻いている。そこに、怒りや嫌悪の表情は既にない。

「……あの、俺も悪かった。水かけたりして」

告げられた言葉が意外で響は目を瞠り、慌てて首を横に振った。

「いえ、あの……先輩はなにも悪くないです。元はと言えば俺が」

「いや、だからって水かけていいわけじゃないし。あのときは追い詰められて、ちょっとストレスでおかしくなっていたっていうか、その、本当に悪かった」

軽く頭を下げる倉持に、響が戸惑って十時を見やれば、苦笑して肩を竦めている。

「ずっと、謝ろうと思ってて。さっき十時に連絡取ってもらったら、たまたまここにいるっていうから。……ごめんな」

「あっ、いえ！　全然です！　っていうか、俺のほうこそすみませんでした。これからも気を付けるので、本当に、ごめんなさい」

焦って捲し立てると、倉持はほっと胸を撫で下ろしたようだった。

ただただ嫌われているだけだと思っていたのだが、響に水をかけたことを、倉持はずっと後悔していたらしい。冷静になったらとんでもないことをしてしまった、と反省する一方で、視線を感じると苛立つ、という日々を過ごしていたという。

そんな事情をうかがって、響はやはり申し訳ない気持ちになる。

一方の、倉持はやっと胸のつかえが取れたのか、晴れ晴れとした顔でもう一度「ごめんな」と言った。

響自身も、力が抜ける思いだった。そして倉持との遣《や》り取《と》りで、自分がもう既に、彼に対して特別な感情を抱いていないことを発見する。

——きっと、前までだったら、悲しくなっていた気がする。

倉持の謝罪は、つまるところ響に対し一切思うところがない、というのと同義なのだ。勿論そんな突き放したような気持ちで謝ってくれたわけではないだろうけれど。

以前までの響であれば、意識もされない、どうでもいいと思われている事態に少なからず傷ついていたに違いないのだ。それに加えて、拒絶の言葉以外をかけられたことを、嬉しく感じていたはずだ。

けれど、今の響にはそのどちらもない。ただほっとしている。いっそ、すっきりとした気さえする。

そんな状況に置かれて、初めて、己の倉持に対する特別な気持ちが消えていることを明確に自覚した。

同じく、謝罪の言葉を口にできてすっきりしたらしい倉持は、響の肩を軽く叩いた。

「じゃあ、また大学で」

「はい」

響が頷くのを見て、倉持が「じゃあな」と離れていく。

その背中を見送って、はたと気が付いた。傍らで、十時も倉持を見送っている。

「あれ⁉　十時さん、いいんですか。行かなくて」

「ああ。あいつ、この後彼女とどっか行くらしいから」

「はい？　じゃあ、十時さんこのあと一人なんですか？」

「そうなるな。俺は今夜、完全にパイプ役へと成り下がった」

元々は都合の合った倉持と二人で花火大会に来たらしいが、途中で倉持の彼女が連絡を取ってきて、後で合流するという流れになったらしい。どこかで聞いた話だ。

特に用事もないから帰る、と言い出される前に、響は十時の腕を引いた。

そんな響の行動に、十時が目を丸くする。

「あの。よかったら一緒に回りませんか。このまま帰ろうと思ってたんですけど、一緒に花火見て行きましょうよ」

ね、と誘うと、十時はそれもそうだなと頷いた。

「薄情な友人を持った者同士、仲良くするか」

「はは……」

そう言われると、途端に悲しい二人組だ。

しかも、倉持と謝罪合戦をしている間に、花火観賞のスポットである陸橋の上には更に人が増えて、もう歩道には入れる隙間がなくなってしまっている。

「ちょっと移動するか。露店とか出てないところのほうは結構空いてるから」

「あ、はい」

あまり詳《くわ》しくないので、十時のあとに大人しくついていくことにする。

商業施設があるほうへ行くと、十時の言った通り人がまばらになっていく。打ち上げ位置からさほど遠くないのに何故かといえば、駐車場に高い塀《へい》があり、低めの位置に打ち上げられた花火に被り、欠けて見えるらしい。写真を撮《と》るのに向いていないので、人気がないそうだ。

絶景ポイントではないようだが、響はSNSに写真を上げる趣味もないし、花火が見られればそれでいい。

「俺ちょっと飲み物買って来る。響、なんか飲む？」

「あ……じゃあお茶を」

了解、と手を振って、十時が店の中に入っていく。

場所を取るほどでもないが、動かないほうがいいだろうと、響は建物の壁によりかかり、十時を待つことにした。

数分と経《た》たぬうちに、花火が上がり始める。

——あー……始まっちゃった。飲み物買いに行かせちゃって、悪いことしたなー……後輩の俺が行くべきだった。

悔《く》やんでいる間に、ひとつ、またひとつと花火が上がっていく。確かに、花火の一部に塀がかかっていた。そのことに気付いた人たちの一部が、場所を移動し始めた。

十時を待ちながら大小さまざまな花が夜空に咲くのを、響はぼんやりと眺めていた。

「——響」

「わっ！　……冷たぁ……」

呼びかけとともに、冷たいものが頬に当たる。プラスチックカップを手にした十時が、いたずらっぽく笑っていた。

「自販機全滅だった。烏龍茶《ウーロンちゃ》しかなくて悪いな」

汗をかいたカップを手渡される。赤いストローが既に差し込まれていた。

「ありがとうございます。あ、お金」

「いいよ別にこれくらい。奢られとけ」

「あ……はい。じゃあ、いただきます」

どうぞー、という掛け声とともに、ストローに口をつける。意外と喉が渇《かわ》いていたらしいことに、一口喉を潤《うるお》してから気が付いた。

「もう結構あがっちゃいました。花火」

「まじか。……おっ」

そう言い合っている間に、またひとつ花火が上がった。

ぱちぱちと音を立てて散っていく火花を、じっと見つめる。

暫く黙って花火を観賞していると、前方にいるカップルが花火を見もせずに、なにやら喋っていた。顔を近付けた、と思ったら、二人の影が重なる。

――うわ。

生《なま》のキスシーンを見る機会など、ほとんどない。まして、響は今まで恋人が出来たことがないので、キスの経験もないのだ。

なんだかひどく落ち着かない。花火見ろよ、と思いながらも、キスをし続けているカップルに、そわそわしてしまう。

ふと隣を見たら、どうやら同じものを見てしまったらしい十時と、視線が絡む。

——き、気まずい……。

隣に知り合いがいる状態で他人のラブシーンを見るのは居た堪れない。

花火に集中しよう、と思って響が再び空を見上げたら、十時の顔が視界を塞《ふさ》いだ。目の前に立って見下ろされると、本当に花火が見えなくなる。

「十時さん？　見えないんですけど」

そう言っている間に、スターマインが上がり始める。断続的に弾ける音と閃光《せんこう》に、逆光で十時の顔が一瞬見えなくなった。

十時はなにも言わないまま、以前ふざけたときのように、響の後ろの壁に左手をつく。

少女漫画で言うところの「壁ドン」の状態だ。十時はこのところ、必ずと言っていいほど出合い頭《がしら》に壁が近くにあったらかましてくるもので、以前は「憧れのシチュエーション」だったはずなのに、すっかりふざけた挨拶の定番になってしまっていた。

——の、はずなんだけど……。

出合い頭じゃないせいか、花火大会という状況下のせいか、何故かいつもと雰囲気が違う気がする。

そわそわと落ち着かない気持ちになり、腕の中から抜け出そうとすると、今度は左手が顔の横を通っていった。

両腕の中に閉じ込められて、身動きが取れなくなる。

「と、十時さん、花火見えないって――」

またひとつ、花火が打ち上げられる。

今度は、今までの中で一番大きな花火だったようだ。金色の花弁が闇色《やみいろ》の空に咲く。それはほぼ塞《ふさ》がれた視界の端にも映るほど、大きかった。

――は……？

ぱらぱら、と花火の散る音とともに、今まで至近距離にあった十時の顔が離れていく。

十時は何事もなかったかのように花火の打ち上がる方向を向き直り、壁に背を預けた。

「……あ？　もう終わりか？」

今までテンポよく打ち上がっていたものが、もう姿を見せない。腰を上げる人もいて、今のが最後の花火だったことがわかった。

ちゅう、とストローを吸い、十時が壁から身を離す。

「――終わったみたいだな。帰るか」

「は……い」

「なんか食ってく？」

確かに小腹が空いている。なにか食べたい気もするが、花火が終わったばかりで、今は帰宅する客で駅もその周辺もごった返しているのは明白だった。

少し歩いたところにカフェバーがあるから行こうと誘われて、響は頷く。

三歩先を歩く十時の背中を追いながら、響は己の唇に指で触れた。

——ええと……。

柔らかく、濡れたものが、唇に触れた。

どさくさに紛《まぎ》れてされたのは、間違いなく、キスだった。

初めてだから、一瞬頭の中が真っ白になってしまったが、あれはキスだった。

——……なんで？

脈絡もなく触れた唇になんの説明もなかったので、普通に会話を続行してしまった。だが、あれは一体なんだったのか。

本来ならされた瞬間に訊くべきところだったのに、完全にタイミングを逸《いっ》した。

人ごみから離れた場所にあったカフェバーは、混雑していたが座ることが出来た。向かい合って飯を食い、小腹を満たしたところで解散する。

結局、キスの説明もなにもないままだ。

岩間から「用事が終わった。今どこ？」と連絡が来ているのに気が付いたのは、響が家に着いてからのことだった。

十時とキスをしてしまった。

その事実は、時間の経過とともに響に動揺を与えてきた。眠るまで、ベッドの上で何度も寝返りを打つのが日課になるくらい、深く狼狽《ろうばい》させていた。

けれど、肝心《かんじん》の十時は、あれからも一向に変わった様子はない。

普通に連絡をしてくるし、今まで通りに遊びに誘ってくれる。

そして、二度目のキスをしてくることもなければ、一度目のキスのことを会話に上《のぼ》らせたりもしない。

響としては、訊きたいのはやまやまだったけれど、相手があまりにもいつも通り過ぎて却って質《ただ》せなくなってしまっている。

——なんでキスしたんですか。

対面で黒いラーメンを啜《すす》る十時に、浮かんだ質問はぶつけられそうにない。

今日は、大学近くのショッピングモールでラーメンフェスをやっているから行かないか、と誘われたのでついてきたのだ。

どうしてキスしたんですか。

俺のこと好きなんですか。

寝ても覚めても浮かんでくる質問は、彼と顔を合わせる前には「今日こそ訊こう」と心に決めているのに、いつも言えないままだ。

会えば気まずいのにわざわざ誘いに乗ったのも、本当はキスの理由が知りたいからだった。

「——俺、思うんだけどさ」

「はい!?」

唐突に口を開いた十時に、響は背筋を伸ばす。

十時は箸《はし》でメンマを摘《つま》み上《あ》げながら、無駄に整った顔で言った。

「ラーメンって普通に食ったほうがいいな」

「は？　はあ……」

「フェスっていうだけでテンション上がって来ちゃったけど、人は多いしなんかラーメン伸びてるし丼《どんぶり》はプラスチックだし量少なめだし、味気ないっていうか。値段の割に、しょぼいっていうか」

身構えたはいいもののそんな話で、がっくりする。

「今更でしょう、そこは……」

食べ物系のフェスは、味わうというよりは祭りの雰囲気を楽しむためのようなものだ。慣れてはいないなりに、響は一応そういう解釈《かいしゃく》をしている。

「まあ、俺はこういう文句を言うのも楽しいんだけど」

そこも含めてがフェスの醍醐味なんだ、と言いながら、十時はスープを啜った。

「それもそうですね……」

ちらりと視線を向けられ、反射的に俯いてしまう。怪しいと思われないように、目を逸らしたのではなく、ラーメンを食べるためですよ、とアピールするように、響も麵《めん》を啜る。

――なんか、うまく目を合わせられなくなってる……！

キスをしてからというもの、どうしてか十時の顔が見られない。

平常通りに過ごそうとしているのに、どうにもままならないのだ。会うごとに悪化して、今日は一度もまともに顔を見られていないかもしれない。

「響――」

「あ、俺、水もらってきますね！」

「……おう」

わざとらしく席を立った響につっこむこともなく、十時が頷く。

混乱の原因は、十時の態度にもある。本当に、あれはどういうつもりだったのか、十時の言動からは一切読めない。

そして、明らかに態度がおかしくなっている響に対しても、一切コメントをしないのだ。

我ながら、うまく誤魔化せているとは思えなかった。今しがた取った態度だってそうだ。

そんな、あからさまに動揺している響に対して、指摘すらしてこない。

ある意味、それもいつもの十時らしくなかった。

彼のキャラを鑑《かんが》みれば、「どうした？　意識しちゃってんのか？」とにやにやしながら言ってきそうなものなのに。何故、なにも言ってくれないのか。

——読めない……。

給水機で紙コップに水を注ぎながら、響は嘆息する。

——……落ち着かない……。

キスをされて、その後幾度も一緒に遊んでいる。平常心を保たねばと思う一方で、そう考えないといけない時点で、自分もおかしくなっていることに響は気付いた。

——十時さんに、どきどきしてる。

夜寝る前は十時の唇の感触を思い出して落ち着かなくなる。会えば会ったで、目が見られない。

でも、一緒にいたいという気持ちはあって、誘われればつい乗ってしまう。それなのに、隣に十時がいると思うと、逃げ出したいような気持ちになる。キスの理由も訊けない。

とはいえ避けるのはもっと嫌で、会えば嬉しくなってしまうのだ。

——まずい。……こういうのって、覚えがある。

そろりと相手の顔をうかがって、視線が交わった瞬間に心臓が大きく跳ねるのがわかった。

——どきどき、する。心臓が。

その反面初めての体験でもあるような気がして、けれど明確に説明することが適《かな》わず不安感にも襲われる。

食事を終えて、互いに二杯半、計五種類のラーメンを食べ終えたあとは、適当に駅の周辺で買い物などをして時間を潰した。

日も落ち、夕飯の時間の前に解散することになり、十時と響は使う路線が違うので駅で別れる。

「じゃあ、また連絡します」

「ん。あ、ちょっと待て。その前に、これ」

そう言って、十時は鞄の中からビニール製のショッパーを取り出した。中身は箱型のなにかのようだが、なんだかわからない。

差し出した手に載せられたそれは、結構な重さがあった。

「なんですか、これ」

そう言いながら中身を覗くと、先日一緒に行った映画の原作漫画が入っていた。

「あ、これこないだの」

「そう。貸すって言ってたやつ。それ姉貴のだから汚すなよ」

「あ、はい。気を付けます」

確かにそんな会話をした覚えはあるが、本当に貸してくれるとは思わなかった。ちょっとした遣り取りだったのに、十時は覚えていてくれたらしい。

——あ、しかも十時さん今日一日ずっとこれを持っててくれたのか……。

それなりの重さがあるし、顔を合わせた時点で響に持たせればいいのに。

不意にそんなことに気が付き、たったそれだけのことなのに、気分が浮き立つ。

先程までどきどきしていた心臓が、きゅっと縮むような、微かな痛みを訴えた。

——あ、あれ……？

じんわりと、顔が熱くなってきた。なんだかますます目を合わせられないような気がして、唇を噛む。

「どうした？」

「わあ！」

顔を覗きこまれて、反射的に後退《あとずさ》る。目の前に現れた十時の整った容貌に、どかどかと鼓動が早まった。

あからさまに避けるような動きだったからか、十時がむっと眉を寄せる。

「なんだよ、逃げるなよ。傷つくじゃねえかよ」

そう言いながらも、しょんぼり、とした顔をするもので、響は慌てて頭を振った。

「逃げてませんよ！」

嘘吐け、と十時はいつものようににやにやしながら距離を詰めてくる。追い詰められたネズミのような気持ちになりながらも逃げる他なく、響もじりじりと後方へ下がった。

とはいえ、すぐ後ろが壁なので距離を取るにも限界がある。数秒で逃げ場を失《な》くした響に、十時がにんまりと笑った。

いたずらを仕掛ける少年のようなその顔貌に、ぎゅうっと胸が締め付けられる。

――まずい。

間違いなく、十時に対して、単なる友人や先輩相手に抱くはずのない感情を、抱えてしまっていることに気が付いてしまった。

――けど、今までの人となんか、違う。

手に届く場所に、彼がいるからだろうか。

今までは好きになった相手のことをほとんど知らない、つまりこちらが抱いているイメージに恋をしていた状態だった。

このところの付き合いで、ひとつ年上の友人のような位置にある十時のことは、ある程度は知っている。連絡先や誕生日や血液型などのパーソナルなことも、彼の趣味嗜好や性格も。

それは十時も同じで、響だけが一方的に知っているという間柄ではない。

互いにある程度知っている、という状況で、こんな気持ちになったのは、響は初めてだった。

後ろめたさがない、後ろめたく思う必要がないから余計にどきどきしてしまうのだろうか。

「響？」

「……っ」

意識したらますます恥ずかしくなって、頬が熱くなる。鏡で確認することはできないけれど、間違いなく自分の顔は真っ赤に染まっているだろう。目も少し潤んでしまった。

俯きもせず、響は黙って十時を見つめる。

「……十時さん」

絡んだ視線を、最初に解いたのは十時のほうだった。

それが少し彼らしくなくて、響はもう一度十時を呼ぶ。

「十時さん？」

すると、十時はもう一度、響を見やった。見下ろす視線は、わざとらしいほど真っ直《ま》ぐ《す》だ。

「……なんか、変じゃないですか？」

問うた科白に、十時が微かに眉を顰める。

「いつもと違う」

「そんなことないだろ？　いつも通りだ」

ほら、とまるでムキになるように、十時が顔を寄せてくる。けれど、やっぱり耐え難《がた》くなったのか、十時は横を向いてしまった。

照れているのか、目元が赤い。響の気持ちが、伝染したのだろうか。どこか不満げな顔が、やけに可愛らしく見える。

「……ほら、やっぱ変だ」

「お前だって、なんか」

変だと口にはせず、十時がもごもごと口を動かした。

二人の間に流れる空気に、響は胸が高鳴るのを感じる。

自分のほうが、少し先に意識してしまったが、ここに介在する空気は、ただの先輩後輩のものとは趣《おもむき》が異なるだろう。

「十時さん？」

再度名前を呼ぶと、十時はぱっと体を離した。

こちらを見る顔は、戸惑いを浮かべ、そしてやっぱり赤い。

響が引き留めるまもなく身を翻し、十時は「じゃあな！」と叫び、走って行ってしまった。


十時から借りた少女漫画は、映像化されるだけあってやはり読み応えがあった。

映画も十分面白かったが、原作はまた違ったよさがある。細部まで色々と行き届いているというか、映像ではさらりと流されてしまったシーンが、改めて見るとこういうことだったのか、と知ることができたり、とてもいいシーンなのに尺《しゃく》の都合で飛ばされていたことに気付いたり、意味のわからなかったシーンも読み込むことで理解できたりと、新たな発見が色々あった。

十二巻分の単行本を読み終えてすぐに、響は衝動のまま十時に「続きが気になりすぎます！」とメッセージを送っていた。

すぐに既読フラグが付き、「だろ⁉」「次は秋に単行本が出るらしい」「原作のほうが絶対面白い」などと十時も返事をくれた。

借りた日の別れ際、少しおかしな空気だったのだが、十時の返信は普通だ。

携帯電話からは彼の気持ちは伝わってこない。いつも通りのような気もするし、そうでない気もする。

無機質に並ぶメッセージを少しもやもやしながら眺めていると、もうひとつメッセージが送られて来た。

『同じ作者の別のやつも超面白いから、読む？』

「読む！」

思わず口に出してから、慌てて『読みたいです！』と返信すると、次に会う約束をする流れになった。

漫画を借りられることもだが、なにより避けられていない、ということがわかったので嬉しかった。

そして約束した水曜日の夕方、十時が響のアパートにやってきた。

本当はどこかに飲みに行くか、という話をしていたものの、金欠というのもあるし、たまには宅飲みでも、ということになったのだ。

以前から大体の場所は伝えていたのだが、十時が家に来るのは今回が初めてだった。

「よー！　来たぞー！」

玄関先で、はい、と手土産《てみやげ》を渡される。中身はお惣菜《そうざい》やスナック菓子、それと缶チューハイやビールなどだ。

「すみません。どうぞ、狭《せま》いところですが」

「へー……綺麗にしてんじゃん。おっじゃましまーす」

靴を脱いで上がった十時が、感心しながら周囲を見渡す。

──必死こいて掃除しちゃったよ……。

元々あまり荷物も多くないし、散らかしてはいないほうなのだが、普段はしない雑巾がけまでしてしまった。

「そういえば、大学の近くの、駅前の居酒屋、平日ドリンク半額らしい」

「マジですか。なんかあそこ、ランチだと五百円で刺身定食、ごはん味噌汁《みそしる》お代わり自由らしいですよ」

「やべえな……今度会うの、そっちにしよう」

さりげなく、次に遊ぶときの話になり、どきっとする。

動揺を露《あらわ》にしないよう、そうですねー、などと平静を装って返しながら、響は台所で宅飲みの準備を始めた。箸と、ちょっとだけ作っておいたつまみを準備して、テーブルへと運ぶ。

中華風にアレンジした冷ややっこと、トマトサラダを出すと、十時は「美味そう」と言ってくれた。一人暮らしでそれなりに自炊《じすい》に慣れていてよかった、と胸を撫で下ろす。

響が腰を下ろしたのを見計らい、十時が缶ビールを開けた。響も同じくビールのプルタブを起こす。

「じゃあ、かんぱーい」

「乾杯です」

缶をぶつけて、三分の一位まで飲む。それから、響は部屋の隅に置いていた、借りていた単行本の入った紙袋を手に取り、十時に渡した。

「ありがとうございました」

「おー。じゃあ入れ違いに、これ」

差し出した紙袋と引き換えに、別の紙袋を渡される。同作者の別の単行本の他、おすすめをいくつか選んで持ってきてくれたらしい。全部少女漫画だ。

「すみません。なんか俺が借りるほうなのにわざわざ持ってきてもらっちゃって」

「あー？　別にいいよ。気にすんなってそんなの。それより、それマジで俺のおすすめだから」

面白いといいなあ、と袋の中の背表紙を覗き込む。同じように返却した方の紙袋を覗いていた十時が、「あれ？」と声を上げた。

「なんか入ってるぞ？　お前のじゃね？」

プレゼント用の包装がされた箱を取り出して返そうとする十時を、響は手で制する。

「いや、それお礼です。お姉さんの本なんですよね？」

「え、てことはこれ姉貴に？　あ、だからお前、姉貴が使ってる香水とか訊いてきたのか！」

面識のない響に漫画を貸してくれたお礼に、バスグッズを買ったのだ。ローズやスミレの香水を使っていると聞いたので、選んだのは薔薇《ばら》の花弁の入ったバスソルトである。とても可愛いのだが、硝子《ガラス》の容器に入っているので少し重い。

更に単行本十二冊となるとまあまあの重量で、女性に持ち帰らせるのは少し気が引けるけれど、十時だったら多少重くても平気だろうと思ってチョイスした。

「えー……そんな気ぃ遣《つか》うなよー。ただ漫画貸しただけなのに」

「だから、初回だけです。すごい高いものじゃないですし。それに、毎度は俺だって渡しませんよ」

響がそう言うと、十時はふうん、と唇を尖らせた。

そして、紙袋から取り出した単行本を読み始めたので、響も新しく借りた本を手に取って、漫画読書会状態になる。

十時と会っているときはあまりないが、友人同士で食事をしたりカフェに入ったりするときに、互いに携帯電話やゲーム機をいじったり、本を読んだりして一言も話さないことはよくあるのだ。

無言のまま時間が過ぎ、途中、酒や料理をちょこちょこ消費しながら、本を読み進めていく。

「はー……やばい……」

おすすめされた本を閉じてそう呟くと、対面の十時が「だろ?」と嬉しそうな顔をした。

「これ最高に面白くないですか……やばい」

「俺は新作より、響が今見てるやつのほうが好きなんだよ……。なんか、こう、ドロドロしてなくて、熱のある感じが」

「あー、でもわかる気がします」

今回映画化されたほうは、激しい恋愛模様が描かれていて、涙を誘う演出が随所《ずいしょ》に見られた。けれど十時のおすすめのほうは、あくまでも日常的なやりとりの中にときめきを感じるような、優しい話だ。これは相手のことを好きになっちゃうよな、と素直に思えたり、なんて幸せそうなんだ、と羨ましくも思える。

「それがちょっとパンチないって言われるところなんだろうけどさ。でも俺はこっちのほうが好きなんだよ」

あのシーンが、あそこの科白が、と熱弁する十時に、響は頷きながらも不思議なものを感じてしまう。

倉持からの謝罪もあり、響のほうでも一区切りついてしまった、というのもあるのだろうが。こうして二人でいることになったきっかけは、十時が「恋愛を教えてほしい」と言ってきたことにある。

——俺よりよっぽど、ちゃんとした恋愛観持ってるっぽいんだけど……。

あくまで架空の話、ということなのかもしれないけれど、十時は恋愛ものが好きで、こうして語れるほどよく知っているらしい。

漫画を開いてページを指し示しながら、ここにぐっとくる、と語る十時は、どうして「恋がわからない」などと言うのだろうか。

——俺に、キスまでしたのに。

ドラマチックでも、ロマンチックでも、どちらでもないような気がしたけれど、花火大会の夜に、花火の下でくちづけを交わす、というのは響にとっては「恋愛」的だ。先日、二人の間に流れた空気だってそうだ。

そして、十時の反応もまた、ただの冗談でもない気はする。なにも言ってくれないのは、なにか十時の中でひっかかるところがあったからかもしれない。

かといって、離れていくわけでもなくこうして漫画を貸してくれたり、一緒に食事したりするというのは――。

「……響？　どうした、ぼーっとして」

そう問いかけながら、十時は響の頬に触れてくる。顔の輪郭《りんかく》をなぞるようについっと触られて、心臓が大きな音を立てた。

少なくとも、響はもう十時に対して明確にときめきを覚えている自覚があった。

そっと、頬に触れる手に、自分の手を重ねる。十時は手を離しもせず、ゆっくりと瞬《まばた》きをした。長い睫《まつ》毛《げ》が上下するだけで、綺麗な顔だと意識させられる。

「十時さん」

「ん、どうした？」

優しげに微笑む十時に、どきどきして、胸が震える。

今なら、言えるかもしれない。

俺、と無意識に唇が動く。

「……俺、十時さんのこと、好きです」

控えめに、けれどはっきりと、このところ彼に対して抱いていた気持ちを口にした。

「十時さんのこと、好きになりました」

言葉にしてみて、より明確に、自分の恋心を理解する。

優しくされたから、ということではない。彼の顔が整っているからでもない。

一緒にいて楽しかった。優しくされて心が安らいだ。ときめきもあった。突然キスされて驚いたが、嫌じゃなかった。むしろ、嬉しかったのだ。

十時に、恋をしている。

多少の緊張と、高揚《こうよう》を抱えながら告白をし、響はいつの間にか落としていた視線を上げて十時を見やる。

「――」

対面の男の顔を改めて見て、響は絶句した。

無表情――むしろ、困惑したような顔で、十時が視線をうろつかせている。

「あ、ええと……」

そして、触れ合っていた手を払うように、解かれた。

――え……。

正直言って、予想外だった彼の反応に、響は硬直する。

十時は狼狽した様子を見せながら、先程まで読んでいた本を紙袋にしまった。それから口元を手で擦《こす》りながら、さっと腰を上げる。

まるで、逃げるような十時のその様子を、響は茫然と見上げた。

「……十時、さん？」

名を呼んだ響に、十時は顔を強張らせ、視線を逸らす。

そして彼は、響が一番聞きたくない科白を口にした。

「なんか……ごめん」

告白をして、謝罪されるほど空《むな》しいことはない。

思わず、呼吸が止まる。

「ごめん、俺お前のこと、そんな風に見たことなかった」

「え……」

「お前のこと、後輩として可愛いとは思ってたけど……、そういうんじゃないだろ。恋愛とかそういうの、俺たちは違うし」

まさかの言葉に、響は目を瞠った。

こちらがショックを受けていることは汲んだのだろう、十時が眉を下げ、優しく響の肩を叩いてきた。

「なんか、勘違いさせるようなことしてごめん。ちゃんと、恋愛とは違うって言えばよかった。ほんとごめんな」

そう言い残して、まるで逃げるように響のアパートの部屋を出て行った。

あまりのショックに追いかけることもできず、響は彼を見送った姿勢のままその場で固まる。

——そんな風に、見たことなかった？

壁ドンは、おふざけの延長で、友人同士の悪乗り、という側面が強かった。それはわかっている。

――じゃあ、でも、キスは？　なんでなんとも思ってない俺に、キスなんてしたの？

恋愛対象として意識したことがないのなら、何故キスなんてしたのか。

酒の席で、罰《ばつ》ゲームのようにしたのならともかく、そんな状況ではなかった。素面《しらふ》で二人だけの場所で、花火大会で、優しく触れた唇は、じゃあなんだったというのか。

十時の好きな少女漫画のようなキスだったのに。

――初めての、キスだったのに。

もうキスの感触の残らない唇を噛み、響は床に突っ伏した。

十時は、今まで響が片想いをしていた相手のように、ひどいことは言わなかった。気持ち悪いと罵《ののし》ることはなかったし、こっちへ来るなとも言わなかったし、水をかけたりもしない。

そして、響も過去のそんな相手に対し、嫌がられているという自覚があっても、めげなかった。ひどいことを言われれば傷つきもするが、遠くから見ているくらいならいいよね、と自分を慰めつつ言い聞かせたりしていた。

——でも、こっちのほうがひどいんじゃないの。

手元の携帯電話を見下ろして、響は嘆息する。

あんなことがあったのに、十時は相変わらずだ。

以前の通り、今まで通り、響と付き合ってくれるつもりらしい。

告白をする前も後も、なにも、変わらない。キスをした後だって、変わらなかったから、それは必然とも言えるのかもしれない。

だから却って納得してしまった。本当に、彼が響を意識していなかったことを。

相変わらず「明後日《あさって》暇？」とか「別の作家の漫画だけど、多分響が好きそうだから貸してやる」などというメッセージを送ってくる。

むしろ、以前よりもマメに誘ってくれるくらいだ。

——俺、あなたが好きだって、言ったよね？

ここにきて、十時が「恋愛がわからない」と言っていたことが響にも身に染みて理解できる。

振られた相手に、前と同じような態度で接して来られたら、響が辛《つら》くなるということもわからないのだ。

おまけに、響を振った直後には「姉貴がプレゼントにいたく感激してた。二十歳の男で、お礼としてこんな可愛いものが贈《おく》れるなんてって。彼氏にしたいとか言ってたぞ」なんていう、とんでもなく無神経なメッセージを送ってきた。

——でも、だけど。

あまりにも変わらない十時の態度が辛くて悲しいのに、それでも好きな男が離れることなく、以前と同じ態度で接してくれているのを、嬉しいと思ってしまっている。

そして、「大丈夫です、予定空いてます」などと、平気な振りをして返信するのだ。

多少無理があっても、予定を空けてしまう自分を、アホだともいじらしいとも思いながら。

今まで、響を振ってきた誰よりも、十時の対応は優しい。しかも、傍にいてもいいのだと言ってくれている。

嬉しいはずなのに、今までの恋と違って堂々と近くにいても構わないと許されているのに、辛くて辛くてしょうがなかった。

告白をしたとき、実は響はある程度期待していた。正直なところ、それまでの十時の態度を鑑みて、断られると思っていなかった。

己の自惚《うぬぼ》れが、恥ずかしい。

彼と対峙《たいじ》すると、そんな羞恥が襲ってきて身の置き所がなくなる。それに加えて、好きな相手と一緒にいられる嬉しさと、とっくにふられている悲しさとが襲ってきて、胸が潰れそうになるのだ。

けれど、夏休みが明けると、響は思わぬ事態に直面した。

休み中と違い、ほぼ毎日十時と顔を合わせる。夏休みボケしていたつもりはないのだが、その事実に、休み明けまで気付かなかった。

休み中はそこまで頻繁《ひんぱん》に会うわけじゃなかったから、一緒にいられて嬉しいなどと悠長《ゆうちょう》に思っていられたのだ。

それでも最初の一週間はなんとか堪えた。だが明けて次の週、教室に入ろうと思ったのに堪《たま》らなくなって、響は思わず逃げ出してしまった。

「――なにしてんの。単位落とす気かよ」

そんな話を聞いてくれていた岩間が、学食のカフェテラスのテーブルに頰杖をつきながら、至極《しごく》もっともな意見を口にする。

毎週この時間は、互いに三限を取っていないので岩間と過ごすことが多い。今日は学食で時間を潰していたのだが、つい近況を話してしまい、岩間を呆れさせてしまった。

「……だよね？　俺もそう思う」

そうは思うのだが、どうしても教室に入れない。

岩間には、キスされたことなどは話していないものの、十時に告白して振られたが、相変わらず頻繁に遣《や》り取《と》りをして遊んでいる、という話だけはしてあった。

予想していたのか、十時のことを好きになっていた事実に岩間は驚かなかった。けれど、岩間の中では十時は未だに「水をかけた男の一味」という扱いなので、あまり響の片想いに親身にはなってくれない。

「嫌われてないし、友達付き合い続けてくれるだけまし、って言ってたくせに」

「そうだけど……思った以上に辛いって、初めて気付いたんだよ……」

今までそんな状況になったことなどなかったので、自分がどういう気持ちになるかなんて想像もしていなかったのだ。

「……岩間こそ、彼女どうしたんだよ」

夏休みの一件を引き合いに話を逸らそうと思ったが「俺のほうはどうでもいいだろ」と切って捨てられる。

「前は、振られても『単位落とすのが嫌』とか言って真面目に出席してたくせに」

「そうなんだよ……倉持さんのときとなにが違うんだろう。むしろ、十時さんのほうが優しいのに」

「知るかよ俺が」

冷たい科白を吐く岩間に、響は項垂《うなだ》れる。

自分は割とめげない性格だと思っていたのに、びっくりだ。

「まあ、まださぼりはじめて一週間だろ？　単位落とす瀬戸際ってわけじゃないと思うけど。どうすんだよ」

「……それなんだよ……」

このまま、十時とかぶっている講義を休み続けて単位を落とすのか。

けれど、倉持に合わせて取った講義は、必然的に十時とも相当数重なっているので、いくらなんでもそれらを全部落とすことになるのはきつい。唸りながら悩んでいると、岩間が「あのさあ」と声を上げた。

「もしかして響、十時さんに追いかけてきてほしいとか？」

「は？」

予想外の問いかけに、なんだそれは、と首を傾げる。

互いに両思いで喧嘩《けんか》をした、などという状況だったらともかく、振られた自分が逃げたところで十時が追いかけてくるわけがない。

そんな発想はまるでなかったと、響は苦笑した。

「友達同士だって、今まで仲良くしてたのに急に離れて行ったら、戸惑って追いかけるもんだろ？」

「いや、まあそれはそうかもしれないけど……」

そういう話とも少し違うような気がする。

「教室の前までは行けるんだよ。……でも、入ろうとすると足が竦むっていうか」

「不登校児みたいだな」

「ああ、でもそういうかんじ」

保健室登校ではないが、教室に入れなかったときは図書館や学食で時間を潰すのが、この一週間のお決まりになった。

出席したい、出席しないとまずい、と考えられる理性はあるのだ。でも、どうしても入れない。

――このままじゃ、本当に十時さんとかぶってる講義全部落とす……。

おまけに、一週間も大学を休んでいるような状態なので、十時は最初体調を心配してくれていた。

けれど、十時とかぶらない講義はちゃんと顔を出している、というのがどこからか伝わったらしく、一昨日あたりから「なんで講義出ないんだ?」「代返しといたけど、来週からはしねえからな」というようなメッセージが来るようになった。

避けている、ということは、とっくにばれている気がする。

益々《ますます》気が重くなって嘆息すると、「なあ」と岩間が口を開いた。

「次も本当は講義あるんだろ？　俺、一緒に行ってやろうか？」

「え……だって、岩間だって次あるんだろ？」

「それこそ、俺のほうは一回休むくらいどうってことないやつだから平気。出欠とらないやつだし。教室に入れないって言うんなら、一緒に入ってやるよ。頑張ろ」

二人なら入りやすいだろ、と岩間が言ってくれる。

躊躇はあったものの、友情に感謝して、勇気を出して次の講義がある教室に行ってみることにした。

二号館の四階に向かう間、文学部の教室が新鮮だ、と岩間が笑って和ませてくれる。

「あっちが先に席取っててくれたら楽なんだけどな」

「あ、それは大丈夫。その前の時間が三年の必修科目で使ってて、そのまま残ってるんだ。あの人ら」

響が教室に入ると十時がグループを離れ、挨拶しながら寄ってきてくれる。それが、嬉しかったのだ。

「へー、あっちが先に固まって座ってるなら、離れて座るのは楽そうだな」

「……そうだね」

そんな会話をしつつ、問題の教室に辿《たど》り着《つ》く。

けれど、やはり入りづらくなって戸の前で足を止めてしまった。

「俺が、開けてやろうか?」

「う、ん……いや、うん」

——岩間についてきてもらって、そのあとは?

岩間だって、毎度ついてこられるわけじゃない。もし今日、岩間が隣に座ったら、十時は間違いなく、響が避けていると確信するだろう。

わざわざ別学部の友人を呼んでまで避けられたことに、怒ってしまうかもしれない。そして、もう隣には座らなくなるかもしれない。

矛盾しているが、二度と彼が近付いてこないのも傷つくのだ。

「岩間……俺、やっぱり——」

「——なあ、今日も来ないんじゃね?」

ひとりで頑張ってみる、と口を開こうとするより早く、聞き覚えのある声が聞こえてきた。倉持の声だ。

「なにが」

「だから、アレ。Nさん」

Nさん、という呼称を口にする声音に、嘲笑《ちょうしょう》を含んだ嫌なものを感じる。固まった響に、傍らの岩間が怪訝な顔をした。

「響?」

「――なあ十時、Nさんに告《コク》られたってマジ？」

ひゅー！　と揶揄う歓声があがる。今の科白は、十時でも倉持でもない、グループの別の三年生の声だ。

彼らの言う「Nさん」が自分を指しているのを確信し、響は立ち尽くした。その様子を見て、岩間も響の話題になっていると察したらしい。

「倉持、うまいこといったじゃん」

「十時が好きになられるのは想定内とはいえ、本当にうまくいくとはなー。やっぱゲイって男ならだれでもいいんじゃねえの？」

「っ、あいつら……！」

飛び出していこうとした岩間を、響が腕を引いて止める。でも、と言う岩間に、頭を振った。指先が震えているのが伝わったのか、岩間が悲しげな顔をする。折角ここまで付き合ってくれた友人にこんな顔をさせるなんてと、響はついてきてもらったことを悔やんだ。

「別に俺は、十時に、Nさんに色仕掛けしろとか言ったわけじゃないけど……。ただ、俺から引き離してほしくて、十時はバイだって言うし、Nさんの説得もうまいことしてもらえればって」

「えー、そんなテンションじゃなかったじゃん！　倉持がNさんと同じ空間にいるとストレスだって言うから、十時がバリケード役買ってくれたんでしょー！」

そういえば、最初にそんなことを言っていた。

響自身は知っていた事情を、今初めて知った友人は、怒りに震え、口をぱくぱくさせている。

「ていうか、『説得』とか言ってなかったじゃん。お前、十時は男もいけんだから、ついでになんとかしてくれって言ってたろ」

「十時もさ、ちょっと『たらしこみ』に入ってただろ？　なに、好みだったのか」

「別にそういうんじゃない」

きっぱりと否定した十時に、響の胸がずきりと痛む。

「……でもまあ、ちょっと『試して』みたけど」

十時の科白に、どよめきが起こった。

キスをしたのは、『試してみた』ということだったらしい。恋愛音痴でよくわからないから、ああして試してみたのだ。

――なるほど。

合点《がてん》がいった。

試してみた結果、響は十時に落とされたが、十時は響を好きになれなかった、ということだろう。

「いつもの手使ったんだろ？　『今まで本当の恋愛をしたことがないから教えて』とかってさ」

「十時の特別になれるかもしれない〜、って期待させる、いつものやつな」

笑い声が上がるのをやけに遠くに感じながら、響は茫然とした。

おかしいとは思ったのだ。明らかに上手く恋愛のできていない自分に「恋愛を教えてほしい」なんて、どうして言うのかと。

色々と理由をつけていたが、単にいつもの彼の、常套句《じょうとうく》だった、というだけのことだったのだ。

「……響」

先程まで歯噛みしながら怒っていた友人が、不意に心配そうに名前を呼んでくる。え、とそちらのほうを向いたら、涙が零れた。

「あれ……？」

別に、泣くつもりはなかったのに。友人を困らせるつもりもないのに。あとからあとから、涙が溢《あふ》れて止まらない。

「響、泣くなよ。な？　……泣くなよ」

泣いてない、と否定しようとしたが、涙に阻《はば》まれて声にならない。

おろおろしている友人の横を、男子学生が通り過ぎる。戸を塞《ふさ》ぐように立っている自分たちに、ちょっといい？　と言いながら彼は戸を開いた。

十時たちの視線が、戸のほうに一斉に向けられる。

そして、泣いている響が見えたのだろう、一様にぎょっとした顔になった。イニシャルトークをしていたとはいえ、当事者ならすぐにわかる話だ。

響は、十時の目を見るのが怖くて、踵《きびす》を返した。

「――響！」

後ろから、岩間の声がする。振り返りもせず、響は全力で廊下を走った。


自室のベッドで枕に顔を埋めたまま、響はひたすらしゃくりあげる。

電車の中ではなんとか嗚咽《おえつ》を堪えたが、いい年をした男がハンカチで顔を押さえながら泣いていたので、衆目を集めてしまった。

家の中では我慢する必要もない。響は、枕に顔を付けて盛大に泣いた。

泣きすぎてしゃっくりが止まらなくなるなんて、子供のとき以来だ。体中の水分が抜けるんじゃないかと思うくらい泣いて、それでも涙は止まらなかった。収まりかけても、思い出すだけでまた泣けてくる。

もしかしたら、これが響にとって生まれて初めての「失恋」かもしれない。

日も暮れて、部屋も真っ暗になり暫く経った頃、玄関のチャイムが鳴った。涙はまだ零れて

いたので居留守を使おうとそのままにしていると、また鳴らされる。

三度、四度、としつこくチャイムが鳴らされて、響はよろよろと身を起こした。袖で涙を拭ったら、少し瞼《まぶた》が痛かった。泣きすぎて腫れているらしい。

――今、絶対不細工な顔してる。

だが、響が不細工になったところで誰も気にしないだろう。どうせ自分のことなど、誰も見ていないのだ。いっそ、このまま消えてしまいたいくらいだった。

そんな詮のないことを考えつつ、はあ、と息をひとつ吐いて、玄関に向かう。

「……はい」

鼻にかかった声を出し、ドアを開ける。

「――響」

ドアの前に立っていたのは、十時だった。

どうしてここに、なんでこんな時間に、と疑問は湧いたけれど、様々な感情はすぐに萎み、どうでもいいかと視線を落とす。

「……どうしたんですか」

そう言いながら腕時計で時間を確認したら、午後十一時を回るところだった。随分泣いたが、まだこれしか時間が過ぎていなかったのか、と思いながら再び息を吐く。

時計から十時へと視線を移せば、彼は戸惑った顔になった。

「ごめん。今日、バイトがあって……終わってから来たから、遅くなった」

十時が一歩近づいてきたが、響はそれ以上ドアを開かず、彼を招き入れなかった。いつもならすぐに中に通すが、既に自分たちの繋がりは立ち消えたので、上がらせる理由がない。

「なにか用ですか」

もう、二度と会えないような気がしていた。だから不思議に思って訊ねた言葉に、十時が目を瞠る。頭を掻き、ぎこちなく口を開いた。

「……言い訳を、しに来た」

搦《から》め手《て》ではなくストレートな物言いをするのが、十時らしい。あまりにしれっと口にするので、笑い出しそうになった。だが、思った以上に表情筋は強張って、響の顔は無表情のまま動かない。

「……言い訳？」

復唱した響に、十時は頷いた。ず、と鼻を啜って、響はゆるく頭を振る。

「別に……言い訳とか必要ないです。わかってるので」

「響、俺は」

「それに、俺、怒ってもないです。……わかってたから」

再び鼻を啜り、震える息を吐く。

確かに騙されていたのかもしれない。

彼らの計画通り、倉持に対する気持ちは離れ、響は十時を好きになった。そして、彼らが画策した通り、響は十時に振られ、彼らのグループとの切り離しに成功した。

その目論見《もくろみ》が響自身にばれてしまったのは詰めが甘かったかもしれないが、響が傷つこうと傷つくまいと、目的自体は遂行《すいこう》されたのだから、成功したと言えるだろう。

ならばもう、構わなかった。それ以上でもそれ以下でもない。

「それでも、十時さんが優しくしてくれたのは本当だったし、一緒にいて俺も楽しかったから……別に、本当に、いいんです俺」

試されていたとわかった今でも、悪い思い出はあまりない。

キスもしてもらって、ちょっとした「恋愛」の気持ちも味わえた。自分の一方的な「片想い」が恋愛と呼ぶに幼かったことも、わかった。

今は悲しくて胸が潰れそうだけれど、きっとこの失恋の哀しみも、いつか笑い話になるのだろう。貴重な経験をさせてもらってよかったと、そのうち思えるに違いない。

「もう、いいんです」

だからもう、演技なんてしなくても大丈夫。無理に付き合ってもらう必要はない。

そう告げようとしたのに言葉にならなくて、代わりに涙が溢れた。

「——……っ」

ぶわっと視界を覆った涙の膜に、十時の姿が歪む。響は目元を押さえて俯いた。

こんなときに泣き出すなんて、面倒くさいと思われるだろうし、自分でも嫌なのに、どうしてか止まらない。

十時の手が、逡巡するように動く。躊躇いがちに伸ばされた手は、響の濡れた頬を撫でようとした。

「っ――！」

それを、響は反射的に払う。対面から息を飲む気配がした。

「さわ、触らない、で」

震える声で、やっとの思いで告げる。

触れられたら、どうしたって心が揺れる。

もうこれ以上混乱させないで欲しい。掻き乱さないで欲しかった。

「――、響」

「名前も、もう、呼ばないでください」

十時の言葉を遮って、強く告げる。

今日までの二人の関係を称するのには、「友人関係」とか、十時がふざけて言っていた「恋愛における師弟関係」とか、色々選択肢はあったかもしれない。

けれど、教室で彼らの会話を聞いた時点で、もう関係は破綻していた。

親しげに呼ばれる筋合いは、ない。

「もう二度と、つきまといません。倉持さんのほうを見たりしません。十時さんとも連絡を取りません。……好きだって言ったことは、忘れてください。もう、話しかけません」

「なん――」

「響、待って、俺は――」

この期《ご》に及んで響に対してフォローをしようとしている十時の胸を、響は押し返した。不意をつかれて、十時が後方に二歩下がる。

「俺も消しますから、十時さんも俺の連絡先は消してください」

「響」

呆然とした顔の十時に、少し笑ってしまう。響がこれまで十時に対してそういう言い方はしたことがなかったから、驚いているのかもしれない。

言い訳しようとするくらいには、まだ響に対して友情や罪悪感があるのだろうか。

「ありがとうございます」

響の突然の感謝の言葉に、十時の瞳が戸惑いに揺れる。

「もう、あなたたちと同じ講義も出ません」

「出ないって、だってお前、単位は」

「来年以降に取ればいいだけです。もう、姿を見せないようにします。……本当は、もっとずっと早く、そうしなければならなかったんだと、思います。俺の諦めの悪さが、あなたをこの茶番に付き合わせた」

人を騙すのだって、本当は負担があるはずなのだ。

彼にそうさせてしまったのは、自分だ。もっと早く——本当は倉持に拒絶された時点で、色々なものを諦めなければいけなかった。

「響、頼むから聞いて。俺は」

「もういいんです」

響は微かに震える息を吸い、そして睨むように十時を見る。

「あなたのことなんて、もう好きじゃない」

言い終わらないうちに、耐えきれずに視線を外してしまった。

「——二度と、来ないでください」

決死の覚悟で口にした言葉は、思った以上に響の心を抉る。それが顔に出てしまいそうで、響は言い捨ててドアを閉めた。音を立てて施錠し、震える息を吐く。

気がついたら再び両目からは涙が零れ、ぐ、と喉が鳴った。口を掌で押さえて、響は玄関にしゃがみ込む。

——これで、十時さんの罪悪感がなくなればいい。……俺のことを、嫌いになってくれたらいい。

またいつもの調子で、連絡してこられたら堪えきれそうになかった。だったら、嫌われて、離れてもらうほうがずっとマシだった。

「っ……ぅ……」

嗚咽を漏らしそうになって、必死で嚙み殺す。どれくらい時間が経ったのか、離れていく足音が聞こえた気がした。

陰で嗤《わら》われていることを知って尚、自分は十時が好きなのだ。尻尾を振って近づいて、そんな滑稽さを嘲笑われても好きなままの自分が辛く、惨めだった。

——十時さん。……十時さん。

それでもまだ、心は彼への好意を持っていて、胸が潰れそうなほど苦しく、痛かった。

その日の内に、響は十時の連絡先を全てブロックした。

そして、重なっている講義だけでなく全ての講義を欠席し、十時との接触を避けている。この一週間は、大学へも行かずに殆どの時間をアルバイトに費やしている。

「響、講義全部休んでるんだって？　あいつのせいだろ？」

金曜日の夜、アルバイトが終わって更衣室で着替えている最中に、シフトが重なっていた岩間に思った以上にストレートに問われ、少々面食らってしまった。

響と同じ学部の友人から、岩間は早々に聞きつけたらしい。

「……ちょっと、大学行く気分じゃなくて」

「全然大丈夫じゃねえじゃん」

あの場に居合わせた岩間は、直後から何度も心配して連絡をくれていた。やっと返事をしたのはその翌日のことで「大丈夫だから心配しないで」と返信を送っていたのだ。

「シフト表見たけどなにこれ、入れすぎだっつうの」

壁に貼られたシフト表をばんばんと叩きながら、岩間が睨む。

響たち学生バイトは本来、十七時もしくは十八時から、二十二時までの夜のシフトがメインだったが、今週は昼や深夜の時間帯にも入れていた。

講義後の時間帯であっても響は主にキッチン担当にさせてもらっているので、もしアルバイト先に彼が訪ねてきても鉢合わせる心配は少ない。働いていれば、待ち伏せされない限り十時と接触することはないのだ。

「……店長に言ったらちょうど人手が足りないっていうから」

「嘘つけ。大学行きたくないだけだろ」

やはり率直に図星をついて、岩間が眉を寄せる。

「嘘じゃないよ。深夜はシフト組みに困ってるって、店長も言ってたし」

「っていうか、もしかして家にすら帰りたくないのか、この無茶苦茶なシフト？」

響の言い訳を無視して鋭く指摘してきた友人に、思わず口を噤んでしまった。それを肯定だと察した岩間は息を吐き、頭を掻く。

もたもたとシャツのボタンを留めながら、響は岩間を見やった。

「……自意識過剰かもしれないけど、家に来られたら困るから。冷静に会う自信なんて、ないし」

「ああ、そういや家によく呼んでたんだっけ。突っぱねりゃいいだろ」

「そうかもしれないけど……」

万が一、十時が会いに来たとして、居留守を使う自信がなかった。

やっぱり、まだ好きなのだ。声をかけられたら嬉しくなってしまうだろうし、遊びに来られたら突っぱねられないかもしれない。

そして、来なかったら来なかったできっと身勝手に落胆してしまうような気もしていた。

そんな自分を愚かだと思うし、駄目な自覚もちゃんとあって、心の整理を付けられるようになるまで――十時をちゃんと諦められるまで、彼と会わずにすむ環境に自分を置こうと思ったのだ。

岩間はロッカーを閉めて、鞄を肩にかけながら響に視線を向ける。

「十時さんから逃げるのはいいけど、大学は行けよ。まさかこのまま単位全部落とす気じゃないだろうな」

「流石にそれは……」

共通で出ている講義以外もすべて休んでいる現状では、彼が心配するのも当然だ。

口を噤んでしまった響に、岩間は大きく嘆息する。

「……まあ、まだ一週間だから余裕はあるっちゃあるけど。早いとこ立ち直ったほうがいいと思うぞ。言葉で言うほど簡単じゃないだろうけどさ」

「うん……」

なんとか頷いて、響もロッカーを閉める。

わかってはいるのだが心は未だ乱れたままで、一週間後の自分が大学にちゃんと足を運んでいるのかどうか、今の時点ではわからない。

俯いたままでいると、ぽんと背中を叩かれた。

「なあ、今日響んちに久し振りに遊びに行ってもいい？」

「え、今日？」

視線を上げれば、心配そうに笑っている友人の顔があった。

「そ。土日は暇なんだろ、珍しく」

詰められるだけ詰め込んだシフトのせいで連勤が続いてしまい、よりによって土日に空きを作ることになってしまったのだ。どう潰そうかと算段を付けていたのだが、こうして岩間から誘われるとも思わずに面食らう。

「たまには俺とも遊んでくれよー。いいだろ？　ここんとこ全然だったじゃん」

「あ……」

十時と仲良くなってから、岩間とは前ほどは頻繁に遊ばなくなっていた。アルバイト先で会うことがとても多かったので疎遠になった感じは全くなかったのだが、最後に家に呼んだのは何日も前のことだ。

遊びたい、というよりも、岩間は響を慰めてくれるつもりらしい。きっと、このところずっと気が滅入っている響を察してはいたのだろうが、響自身で立ち直れるなら、と少し時間を置いてくれたのだろう。こんなにも心配してくれる友人が付いていてくれるのはとてもありがたく、立ち直ろう、という気分にさせてくれた。

「……うん。いいよ」

「よっしゃ。なんかもらって帰って酒盛りしよーぜ」

アルバイトは社割で安く食事や買い物ができる。サラダやキッシュなど、惣菜の売れ残り気味のものにおまけも付けていくつか包んでもらい、二人で響の家に向かった。

途中、レンタルのＤＶＤを借り、コンビニで酒なども買っていく。

「響もさー、いっそのこと俺を好きになればいいのにな」

岩間の悪気ない科白に、響は小さく笑った。

「女の子、大好きなくせに」

どちらかと言えば異性愛者の親友に惚れるほうが茨の道のような気がする。そう素直に感想を告げると、「それもそっか」と岩間はあっけらかんと納得した。

「そのへんはいかんともしがたいなあ。どっちかが女の子だったらよかったのかな」

「それだと、俺はゲイだから岩間子《いわまこ》ちゃんとは付き合えなかったけどね」

「あーそうか。じゃあ響子《ひびきこ》ちゃんだったら万事うまく行ったのにな」

ままならねえなあ、と岩間が息を吐く。

もし自分が女の子だったら、と想像してみる。響は同じように十時を好きになり、けれどやっぱり同じように振られていたかもしれない。もしかしたら、女の子だったほうがあっさり失恋していたかも、と考えると、キスまでできた現状は、それなりに幸せだったのかもしれない、とも思った。

そんなしょうもない会話をしつつアパートの前に差し掛かかり、はっとして足を止める。

「……響？」

突如立ち止まった響に、岩間が振り返った。そして愕然としている響の視線をたどるように、岩間もアパートのほうへ目を向ける。

響の部屋の前に、人影があった。

二階のドアの前、手摺《てす》りのあたりに見える人影は、こちらに気づいて身動《みじろ》ぎする。

「……あれ、もしかして」

もしかしなくとも、と響は硬直する。

「響、どうする？」

こちらに気づいているのを承知で逃げるか、それとも敢えて対峙するか。

だが逃げてもしょうがないような気もしていて、響はアパートに向かって歩き出した。追い抜いた岩間が、後ろからついてくる気配がする。

ゆっくりアパートの階段を上がりきると、やはり部屋の前に立っていたのは数日ぶりに見る十時だった。

「——響」

名前を呼ばれて、反射的に体が強張る。後ろから岩間が出てきて、間に割って入った。

「十時センパイ、一体なんの用ですか？　待ち伏せ？　ストーカーじゃないですか」

剣呑な声で捲し立てる岩間に、十時は表情を曇らせた。

「……ごめん、連絡が、取れなかったから」

着信拒否をして、家も空けていたその間、彼は響と会おうとしてくれていたらしい。

「だからって家の前で待ち伏せってどうなんです？　バイト先にも来てましたよね？」

初耳の情報に、響は岩間を見やる。どうやら響の知らないところで、十時が来たことがあったようだ。

「とにかく、今から俺たち飲み会するんで、帰ってもらいます?」

「響、俺」

「しつっこいな。あんだけのことしといて謝って済むと思ってんのかよ、あんた!」

岩間の強い言葉に、十時が唇を引き結ぶ。

「お前に関係ねえだろって思ってるかもしれねえけど、友達馬鹿にされて、俺だってむかついてんだよ! いい加減、響を虚仮《こけ》にすんな!」

行くぞ、と言って、岩間は響の手を引いた。

「――響!」

鍵を開けようとした響の腕を、十時が摑む。

「っ……!」

響はそれを、反射的に振り払った。

はっとして十時を見ると、ひどく、傷ついた顔をしている。そんな表情を見るのは、初めてだった。

「……響、さっさと家に入ろ」

「う、うん……」

促されて、響は鍵を差し込んで、解錠した。その手に、大きな掌が重なる。十時だった。

「なに慣れ慣れしく触ってんだよ!」

大声で咎める岩間には目もくれず、十時はじっと響を見つめた。所在なげで、けれど頑なに退かないと訴えるような視線に、響は息を吐いた。

「……十時さん」

数日ぶりに名前を呼ぶと、十時が瞠目する。

「――離してください」

今度ははっきりと拒絶の言葉を告げた響に、一瞬表情を緩めた十時は固まった。触れた掌が、びくりと強張る。

「……岩間の、言う通りです。迷惑ですから、待ち伏せとか、やめてください」

「ひび、き」

「もう付きまとわないって、言いました。あなたたちの前に現れないって。だから、あなたももう、俺の前に姿を見せないでください」

声が震えそうになるのを堪えて、できる限り強い口調で告げる。言うだけで心が張り裂け、涙が出そうになった。

いっそ嫌われたほうが楽だし、互いに未練も残らない。

そう思って口にしたのに、返答は意外なものだった。

「――やだ」

子供のような口調で言って、十時は響の手首を掴んで離さない。

呆気に取られた響より早く、岩間が反応する。

「やだじゃねーよ！　離せ！」

「やだ。離さない。響がいいって言うまで、話してくれるまで、動かない」

「そんなワガママ通るわけ――」

「やだ」

頑として拒む十時に、響も岩間もどうしたものかと顔を見合わせる。

その一瞬の隙をつき、十時はアパートのドアを開いて響を引き込むように玄関に入り、後ろ手に鍵を閉めてしまった。

岩間を締め出す恰好になり、慌ててドアノブに手を伸ばそうとしたが、抱きしめられて阻まれた。

「――！」

今まで、冗談で壁ドンをされることはあっても抱きしめられたのは初めてで、十時の体の厚さや熱、匂いを感じてどぎまぎしてしまう。

手ひどく振られたのに、試されていたこともわかったのに、まだ胸が高鳴るなんて本当に厄《やっ》介《かい》だ。

「響！　大丈夫か⁉」

十時が背を預けているドアが叩かれ、彼の両腕に抱かれているために響にも振動が伝わる。

「おい十時！　警察呼ぶぞ！」

ついに敬称をかなぐり捨てて、岩間が叫ぶ。流石にそれはまずいと、響は慌てて顔を上げた。

「岩間！　大丈夫だから！」

響が言うと、岩間がドアを叩くのをやめる。

「……大丈夫だから、今日は、帰って。あとで連絡する」

重ねると、数秒の間をおいて、岩間は一度強くドアを叩いた。

「なにかあったら、すぐに逃げるんだぞ。それから、俺でも警察でもいいから電話して」

十時への牽制を多分に含んだ声に、響は「わかった」と返した。

躊躇いがちに、岩間の足音が遠ざかっていった。階段を降りる音がして、やがて足音は聞こえなくなる。

小さく息を吐き、響はその間一言も喋らなかった十時を見上げた。

「どういうつもりですか。急に来て、俺の友達追い返して」

「……ごめん」

弱々しく返った声に、響は嘆息する。

「……ひとまず、玄関に立ってるのもなんなので、中へどうぞ」

小さな玄関で靴を脱ぎ、上がるよう促した。買い物袋をキッチンに置き、中を見て飲み物は全て岩間が持っていたことに気づく。そして惣菜などの食べ物系は響が持っていた。

ていた。

とりあえず買ってきたものを冷蔵庫にしまい、自室へ戻る。引き戸を開けると、十時が立っていた。

——岩間の夜食、買い直しになっちゃったな。悪いことした……。

「……なんで立ってるんですか。座って——」

話しかけている最中にぐっと腰を抱き寄せられ、強引に唇を奪われる。

「……っ！」

いや、とその胸を押し返そうとしたが、できなかった。彼の力がとてつもなく強かったから、というわけではなく、力が入らなかったのだ。

好きな相手にキスをされて、拒めるはずがない。

「ん、……ゃ……っ！」

角度を変えて深まるキスに、また涙が零れる。

好きだから拒めない。でも彼の意図がわからなくて——だって、響を恋愛対象として見ていないのに、何故こんなことをするのかわからなくて、辛くなる。

前みたいに、期待して、お前に恋なんてしていないと突っぱねられるのは、もういやなのに。

それでも、突き飛ばすことができない自分が情けない。

「つう……、ぅ……っ」

唇を合わせながらぼろぼろと泣きだすと、流石に察したらしい十時がキスをゆっくりと解く。

眦を吊り上げ、響は十時の頬を平手で打った。

「っ——！」

打たれた頬を押さえもせずに、十時がうなだれる。

「……泣くほど、嫌だった？」

本当に困ったような声を出して勝手なことを言う十時に、響の頭に血が上った。

もう一度叩こうとした手首を摑まれる。両手首を捕まれ、泣き顔を晒した。

嫌に決まっているでしょう、なんて、言えない。口が動かない。なんてずるい男なんだと、響は涙を溢れさせた。

「なんでキスなんてするんですか……俺が泣こうとどうしようと関係ないでしょう……放して、出てってください」

「いやだ」

「出てって……！」

叫ぶように言ったが、十時は手を離してくれない。ひどい目に遭わされたのに、こんな状況下で、触れ合う肌に響の胸は性懲りもなく高鳴る。

情けなくて、惨めで、響は俯いて嗚咽を漏らした。

「……なんで、泣くの」

ぽつりと頭上から落ちてきた問に、響は歯噛みする。

「キスされたのが、嫌だった?」

同じことを、十時が問う。

「俺に触られるのが嫌? ……やっぱりまだ倉持のことが好きだから、俺にキスされて泣いてるの?」

「は?」

どうしてそこで、倉持の名前が出てくるのだろうか。

「倉持が、気を逸らすために俺をお前にけしかけたのが、ショックだったんだろ?」

考えてみると、確かに好きな相手である倉持が、響を忌避《きひ》するために男を宛《あて》がったのだという事実があった。けれど、教室であの会話を聞いて泣いたことにも、今十時にキスされて泣いているのにも、倉持は無関係だ。

それすらもわからないのだと、響は全身の力が抜けてしまうような思いだった。なにより、自分のあの告白を、十時はなんだと思っているのか。

結局なにも伝わっていないし、なにも、わかっていない。恋愛音痴だという、出会った頃に聞かされたプロフィールに、幾度目かの納得をする。

虚《むな》しさに息を吐き、響は首を横に振った。

「倉持さんは関係ありません。俺、もう倉持さんのことはとっくに諦めてます。ちゃんと、あなた方の計画は成功してるとお伝えください」

響の返しに、十時は数秒響を凝視したまま固まり、それから「じゃあどうして」と独り言のように呟いた。ここで「どうして」という問いを重ねる十時に響は眉を寄せ、顔を背ける。

「わからないなら別に、もういいです。帰ってください」

手首を摑まれていて、涙を拭うことも出来ないまま、響は十時を睨みつけた。

「よくない。……ここんとこ、ずっと休んでるし」

「だから、前にも言ったじゃないですか。もうあなたたちの前に現れませんって」

「それじゃ、単位落とすだろ」

「だからそういう覚悟でもう行かないって……あなたたちの前に顔を見せないって言ってるんです。もういいですか？　放してください」

腕を引っ張ってみるが、まだ拘束は解けない。

「放してください」

「……響」

「放せよ！」

今まで、あまり口にしたことがないくらいの強い語調で叫ぶ。手首を摑む彼の手がぎくりと強張ったが、それでも手は離れなかった。微かに、その手が震えている。

響は唇を嚙み、俯いた。

「……十時さんは、ひどい」

「響」

「キスしてきて、でも俺のこと好きじゃないって、俺に恋なんてしないって、言った」

今だって、どういう気持ちでキスしてきたのかわからない。

そして、ここに来てもまだ十時はなにも言わない。

「十時さんたちが、俺を騙してたって聞かせられて、花火大会のときに倉持さんは謝ってくれたけど、あれは俺に悪いと思ってたわけじゃなくて、ただそうしないと後味が悪かったからってだけで」

十時は十時で、響を試したとみんなの前で話していた。

思い出すと涙がこみ上げてきそうになり、ぐっと喉が鳴る。

「っ、俺は……俺は、もうあなたのことが好きじゃないって、言った。なのに……どうしてまだ俺のところに来るの？　どういうつもりで、俺の前に……！」

顔を上げ、響は十時を再度睨みつける。

彼の顔色は、悪い。先程アパートの廊下でみたときは気が付かなかったが、明るいライトの下でみると、彼が憔悴《しょうすい》しているのがわかった。

響に突っぱねられたことだけが原因とは思えず、つい「大丈夫ですか」と訊いてしまった。

「え……」

「顔色、すごく悪いです。体調悪いんですか？」

ここにきて相手の心配など馬鹿じゃないのかとも思うのだが、それでもまだ彼に好意が残っていて、冷たくするのも難しかった。

「……最近、よく眠れなくて」

「え……」

「響のことばっかり、考えてる」

連絡が取れない、大学にも来ない、バイト先に行っても会えない、家の前で待ち伏せしても居留守を使われているのか本当にいないのか、今日まで会えなかった、と十時が口にする。

「……ずっと、響の泣き顔が頭に浮かんで。謝りたくて。でも、会えなくて。会わせる顔、なくて」

良心の呵責《かしゃく》に耐えかねて、眠れなくなったというのか。

ぼろぼろの男を前に、響は息を吐く。

「……もう怒ってませんから、ちゃんと寝てください」

「響」

「だからもう、いいでしょう？　ここには来ないでください」

当たり前のことを言っているつもりなのに、十時が絶望的な顔をする。まるで、こちらがいじめているようだ。

「それじゃ、意味ない。俺は……前みたいに響と」

「だから、そんなことできるわけないでしょう……」

堂々巡りの会話に頭が痛くなってくる。

「いいですか。あなたは俺を振ったんですよ。恋愛対象として意識したことないって言ったの、十時さんです」

キスまでしておいて、恋愛対象として見たことがないと言って、響の告白を断った。

なんとなく試してみて、やっぱりその気になれなかったのだと切って捨てたのは、十時本人だ。

「そんな人と一緒にいられるわけないって言ってるんです。前みたいになんて無理。友達になんて戻れない。俺は、――」

まだ、あなたが好きなのに。

勢いで告げてしまいそうになり、咄嗟に唇を嚙む。

「もう、あなたのことが好きじゃないんだから」

はっきりと告げた言葉に、視界から一瞬十時が消える。

どうしたのかと思えば、十時は足元にしゃがみこんでいた。形のいい旋毛《つむじ》が見える。

「……十時さん？」

「……もう倉持のことが好きじゃないなら、他に好きな人が出来たの？　さっきのアイドル顔の友達が好きなのか？」

「アイドル顔……なんでそこで岩間が」

「だってさっき、そんな話してただろ。『俺にすればいい』とかなんとか……その誘いに、乗っかるわけ？」

一体なんの話だろうと思ったが、アパートに来る直前にしていた与太話が中途半端に聞こえてしまったのかもしれない。

夜になればこの辺りは人通りも少なく静かになるし、声も通り易《やす》い。

違う、と否定するよりも、その通りだと答えたほうが、彼は納得するのだろうか。

だからもう倉持のことも十時のことも好きじゃないから平気だと言って、前のように講義に出れば、こんなわけのわからない問答をしなくてすむのだろうか。

——本当に、ひどい人だ。

陰口を聞かされた後でしれっと講義に出るなんて、針の筵《むしろ》の上にいるようなものだ。けれど、自分も馬鹿だから、彼がそう望むのであれば平気な振りくらいしてもいいかとも思える。

「あなたに、関係あります？」

岩間を好きになったと誤魔化そうかとも思ったが、より素っ気ない言葉に変える。手首を摑む十時の力が強くなった。

そうかと思ったら十時は徐《おもむろ》に立ち上がり、響の腕を引く。

「……今更、こんなことを言っても信じてもらえないかもしれないけど。俺は本当に『恋愛音痴』なんだ」

「でしょうね」

この数分の遣り取りで、より実感してしまった。

「だから、自分が恋愛できるはずがないって、思い込んでたんだ。だって、お前と一緒にいて、恋に落ちた瞬間なんて、俺にはなかった」

傷口に塩を塗り込まれ、響は顔を顰めた。

結局、これは響とは恋人にはなれない、という話に帰結するのだろうか。

「……で？　好きは好きでもあくまで友情であって、俺の気持ちには応えられないって、またふられるんですか、俺？　どうぞ？」

十時は響の突き放すような科白に眉尻を下げ、そして思い切るように口を開いた。

「——俺は、恋ってもっとバーンと派手なものだと思ったんだ」

「……はい？」

けれど予想をしていなかった文言が飛び出してきて、響は目を瞬かせる。

「漫画では、派手な演出があるじゃないか。心臓を射抜かれたみたいな、衝撃的な、まるで天啓を受けたみたいになるって、描かれてるだろ。でも、俺にはそんなのなかったし」

少女漫画を読んできた弊害《へいがい》なのか、電流が走るような恋愛でなければ恋ではない、という感覚に陥《おちい》っていたという。

そんな馬鹿な、と思う一方で、十時の顔は真剣だ。

「……嘘ですよね？」

「そりゃ、俺だってそれが漫画的演出なことくらいはわかってるよ。だけど、そんくらいの衝撃があるってことだろ」

一目惚ればかりしてきた響が言うことではないかもしれないけれど、毎度毎度、衝撃的な恋の天啓が降って湧いてくるはずがない。

「それに、響に対する気持ちは『可愛い』だったし」

唐突な褒め言葉に響は戸惑って「はい？」と返してしまった。それでも十時から「可愛い」なんて言葉をもらえるとは思わず、どうしても口元が緩んでしまいそうになる。

「最初は、話してみたら全然悪いやつじゃないな、って、いいやつだな、と思って。真面目だし、一生懸命で可愛いし、気が利くし、気も遣えるし……」

「あの」

流れるような褒め言葉に、響は頭が付いていかずに困惑する。

「響が他の男といると……なんかイライラするし。でも可愛い顔されるとキスしたくなるしムラムラするし」

――そ、それを『好き』って言うんじゃないでしょうか……。

困惑しつつもそう思いはしたが、告げるのは憚られる。

「倉持たちと喋ってて、響の話になるとイライラしてきて……その場にいる自分も気持ち悪くて、もし、響に聞かれてあいつらと同じだって思われたらって思うと落ち着かなくて。かといって、可愛くていいやつだって説明して、響があいつらと仲良くなるのはなんか嫌だし」

「あの、十時さん」

「でも泣いてる響を見たら頭が真っ白になって。……追いかけてもっと泣かれたらって思ったら、動けなくて」

「十時さん」

「だけど、こうしてまた泣いてるの見て、やっぱり衝撃受けたっていうか」

十時は、前のめりになりながら、「好き」という言葉を使わずに、響のことを「好き」だと告げてきた。聞いているうちに、じわじわと顔が熱くなってくる。

必死に捲し立てるような彼の言葉に耐えられなくなったのは響が先で、「もういいです！」と十時の口を塞いだ。

十時は響の手を外し、迫ってくる。

「今は、真っ赤な顔してんのが可愛いと思ってる」

「と、十時さん」

「キス、してもいい？」

「……ちゃんと好きって言ってくれないと、やです」

思った以上に拗《す》ねた声が出てしまう。

嫌だと言ったのに、十時はやにわに響の唇を塞いだ。軽く唇に歯を立てられ、抱き寄せられた響の背中がびくんと跳ねる。

しばらく響にくちづけた後、唇を軽く食《は》みながら、十時が離れていった。

いつの間にか閉じていた瞼を開くと、響をじっと見つめる十時の瞳とかち合った。彼は凝視していた目を不意に細める。

「響。好き」

「遅いです！」

ようやく言ってくれた言葉に対して、照れ隠しに叫んだ響に、十時は「泣き止んだ」と言って笑い、また迫ってくる。十時の意図を察し、響は再び目を閉じた。

キスをしながら、縺《もつ》れるようにベッドへ移動し、十時は響をそっと押し倒した。器用にも、唇を合わせながら重なってきた十時が、響のシャツを捲って素肌に直《じか》に触れる。

十時の掌は熱くて、触れられた部分から響の体も火照っていくようだった。

キスをしたのは十時が初めてで、勿論、肌を合わせるのも十時が初めてだ。

唇を重ねながら、十時が「響」と名前を呼んだ。

「は、い……？」

慣れないせいで呼吸がままならず、更に緊張と羞恥《しゅうち》で逆上《のぼ》せながら返事をする。

「なんか、ボディクリームとかハンドクリームある？」

「あ、えと……」

ベッドのヘッドボードにそういう類のものは置いてある。手を伸ばすと、十時が先んじてボディクリームを手に取った。子供の頃から使っているアロエクリームは、一人暮らしをするときに持たされたものだ。

「なにに使うんですか？」

「なにって……まあいいや」

ちゅ、と音を立ててキスをして、十時が突然服を脱いだ。え、と声を上げると、上半身裸になった十時が、響のシャツに触れる。

「ほら、ばんざーい」

ばんざーい、と言われるままに両手を上げ、肌着ごとシャツを脱がされる。そして、十時は響のボトムにも手を伸ばしてきた。

「えっ、あの……！」

「大丈夫。怖いことはしないし痛い思いはさせないから」

そうは言われても、唐突な展開についていけず、響は目を白黒させる。

「あの、俺、初めてで」

今にも引きずりおろされそうなボトムを摑みながら、だから緊張するし、優しくしてほしいのだと訴えようとしたのに、十時は嬉しそうに笑って、容赦《ようしゃ》なく響を裸に剝《む》いた。

「優しくする」

「いや、だから……んんっ」

覆《おお》いかぶさってくるなり、十時に唇を塞がれる。差し込まれる舌にびくついたが、優しく頭を撫でられ、ゆっくりと口内を舐《な》められているうちに、強張っていた体から力が抜けてきた。

おずおずと応えながら、無意識のうちに響は十時の背に腕を回していた。

「ん……んっ？」

宥《なだ》めるように腰のあたりを撫でていた十時の手が、響の下肢《かし》に触れる。意識してはいなかったが、キスをされ、愛撫を受けているうちに微かに立ち上がりかけていたそこを、十時の手が優しく撫でた。

「っ、ぁ……」

優しい愛撫は徐々に強くなっていき、それに合わせて濡れた音が室内に響き始める。普段自分でもあまり触れないそこを、好きな男の手で握られていると思うだけで、恥ずかしく、逃げ出したい気持ちに駆られる。

それなのにすぐにそこは固くなっていった。

「や……、十時さん、待っ」

「ん……？　嫌か？」

いくらなんでも、早すぎるのは恥ずかしい。だから一旦手を離して欲しいのに、十時は響を追い立てていく。ぬるぬるしているのは自分が滲ませているもので、それが十時の手を汚していると思うと恥ずかしくて泣きそうだった。

慣れぬ体は十時の愛撫にあっという間に負けてしまう。

「や、あっ、あっ……！」

ふるりと腰が震え、響は十時の手の中に熱を吐き出した。出し切る前に、十時の手にゆるゆると扱《しご》き上《あ》げられ、強い刺激に仰け反る。

「ひ……っ？」

濡らしてしまった十時の手が、更に奥へと滑《すべ》る。その指があらぬ場所に差し込まれ、思わず腰を跳ね上げてしまった。

無意識に閉じていた目を開き、戦《おのの》きながら見れば、十時はいつもと変わらぬ顔で「我慢、な？」と微笑んだ。十時の表情に、響はほっと息を吐く。ほんの少し、体の力も抜けた。

十時はアロエのボディクリームを、響の中にたっぷりと塗りつける。ひやりとした感触と、十時の指の動きに、響は戸惑って腰を上げた。

半ば逃げるような動きをしたつもりだったのに、十時は「そうそう、腰上げて」と笑う。

「あ、あ……っ」

ぐちゅ、とあらぬ場所から立つ音に、響は息も絶え絶えになりながら「いやだ」と上擦《うわず》った悲鳴を上げた。十時はうんうんと頷きながらも、響の未開の中を暴《あば》いていく。

絶対入らない、と思っていたのに、指が一本、そしてもう一本と増やされていく。中を擦り、縁《ふち》を撫で、広げながら、十時は響の体を拓《ひら》いていった。

「やー……っ」

羞恥と興奮、それに慣れぬ愛撫のせいで、響は荒い呼吸を繰り返した。

最初は違和感しかなかったはずなのに、徐々に体の芯を震わせるような感覚が湧いてくるのに怖くなる。自分でも、弄《いじ》られている場所がだんだん広がっていくのがわかった。

「も……、やだっ……！」

響は抱きしめる男の胸に縋《すが》り、頭を振る。優しくその髪を撫でて、十時は「もう少し」と笑った。

「もう少しって、いつま……ひゃっ」

ぐりっと中指が内壁を擦った。

さっきから何度も弄られていたところで、触れられると下腹に圧迫感があっただけだったのに、急に変な痺《しび》れが走る。

「え……？　——あっ！」

そこを擦られると、自分の意思とは裏腹に体が跳ねた。感覚としては、正座をして痺れを切らした脚に触れられるような、そんな感じだ。

響が動揺していると、十時が不意に指を抜いた。

「もう一回、クリーム足すから」

「え、あ……はい……」

ボディクリームを、散々時間をかけて広げられた部分にまた塗り込まれる。弄られすぎて火照った部分に冷たいクリームが触れると、一瞬気持ちいいような気がしてしまった。

はふ、と息を吐けば、見下ろす十時が目を細める。

「ゆっくり、息して」

十時は響の脚を開かせ、腰を寄せる。クリームを塗った場所を広げながら、熱いものを押し当ててきた。

「響、力抜いて」

「ん……」

丹念に広げられたせいか、難なく十時のものを飲み込んでいくのがわかった。ゆっくりしてくれているのだろうけれど、思ったより進行が早くて響は怖くなる。

「響？」

優しく名前を呼ばれれば、甘える気持ちが湧いてきて、響はゆるく頭を振った。

「ん、や……っ、やだ、駄目」

「駄目？　でも、結構入ってる。……ほら」

微かに笑みながら、十時が意識させるように響の下腹を押した。入ってる、と意識している響の中を、十時が更に進んでいく。

「あ、ほんとだ……中に、十時さんのがいっぱい――」

入ってる、と言うより早く、十時が一気に腰を押し込んでくる。

音を立てて突き上げられて、響は状況も飲み込めないまま仰《の》け反《ぞ》った。

「あ……？」

じんわりと体に伝播《でんぱ》する痺れのような波に、響は目を瞬いた。無意識に吐精《とせい》してしまったらしく、腹が自分のもので汚れている。

響の上に重なっている十時が息を吐き、前髪を掻き上げた。今まで見たことのないぎらぎらとしたその双眸《そうぼう》に、響は無意識に息を飲む。

いつも、いたずらっこのように楽しげに笑っている彼の顔が、まるで知らない男性のようで少し怖い。けれど、胸がどきどきと高鳴り、そんな自分にも戸惑ってしまう。

「……お前、あんまそういうこと言うな」

「は、い……？」

一体なんのことかわからず、ひとまず頷くと、十時が苦虫を嚙み潰したような顔になる。

「……言わせたのは俺か」

「十時さん……？　っ、あ？」

溜息を吐いて、十時はなにも言わずに仰向《あおむ》けの響の顔の横に手をつき、腰を揺すった。先程までよりも、もっとずっと強い刺激に襲われ、響は上擦った声を上げてしまう。

激しい動きではないのに、シングルのパイプベッドは、二人分の体重を支えてぎしぎしと音を立てて軋んだ。それがいやらしく聞こえ、響はますます羞恥を煽《あお》られる。

「ん、んー……っ！」

嵌めたまま、繋がった部分を刺激するように十時に揺すられて、響は唇を噛んで声を堪える。前を触られていないのに、中から押し上げられるような感覚に戸惑いながら十時の背に爪を立てた。それに十時が息を詰める。

「響」

「っ、……ん、ぁ」

唇を乱暴に奪われて、差し込まれた舌に強引に口を開かせられる。

「あ、あっ、あっ」

抑えきれなくなった声が、揺さぶられる度に上がってしまう。恥ずかしくて嫌なのに、キスがそれを許さないのだ。

そして、自分の上擦った声に、ますます体が追い立てられていく。

「響、好きだ……！」

切羽詰まった十時の言葉に、響の体が極まるように震えた。堪らなくなって、胸を喘がせながら「俺も」と口にする。

「俺も……、好き、好きです……っ」

重なる十時の背中が強張る。ややあって、響を抱く十時の腕に、更に力が込められた。両腕で、身動きが取れないくらい強く響を抱きながら、十時は腰を打ちつける。十時が不意に息を詰めた瞬間、体の奥に熱いものが叩きつけられた。

ぱちっと目の前で火花が弾けるような感覚に襲われ、響は瞠目し、体を震わせる。

「あ……あっ、あー……」

中を掻き回されるのとは、また違った感触に身悶《みもだ》える。より深いところを犯されるようで怖くて、なのに自分の体があさましく喜ぶのもわかって、響は混乱して啜り泣いた。

「っ、……」

ようやく出し切ったらしい十時が、息を吐く。

小さく嗚咽を漏らしていると、そっと目尻を拭われた。優しいだけの指先に、この初めての体験が終わるのだと響はほっとする。

鼻を啜りながら、天井を見上げて浅く呼吸していると、十時が少し腰を浮かせた。

そのまま抜いてくれるのかと思ったのに、微かに引き抜かれたものが、また中に入ってくる。

「っ……！」

敏感になったところを擦られ、けれど咄嗟のことに声も上げられない。性器がぴくんと跳ねるのが自分でもわかった。

十時は響の腰を支えて抱き起こし、体勢を逆転させた。十時の上に重なる形になり、響は赤面する。

起き上がろうとしたが、背中を抱き寄せられた。

「と、十時さん。待って……もうむり……っ」

「ごめん、俺も無理。響の全部が、欲しい」

興奮を孕《はら》んだ声でそう言われ、体ごと、心が満たされていく。触れ合う肌から幸福感が滲んできて、体の力が抜けた。十時は響の体を下から突き上げ、首筋にキスをする。

「あ……！　あっ！」

敏感になった体はすぐに兆《きざ》し始《はじ》め、響は彼の胸に縋《すが》って泣き声を上げる。十時は響の項や背を撫でたり肩や首筋に唇を押し当てながら、何度も響の名を呼び、「好き」と繰り返した。

「やだ、できない、やだぁ……！」

やだやだと言いながら、その声が甘く上擦っているのが自分でもわかる。いや、と言いながら彼の腹の上で擦れる響の性器ももう濡れていた。

「待って、やだ」

「……やばい、響かわいい……っ」

そんなことを掠《かす》れた声で言われ、響は十時の上で果てる。そして、まだ極めている体を、十時は下から更に責めたてた。

もうできない、と泣きごとを漏らしても、十時は離してくれなくて、自分たちがいつ体を離したのか、響にはわからなかった。


ふと目が覚めたとき、全裸だったはずの響は、下着とTシャツを身に着けた状態だった。ぼんやりと天井を見つめ、視線を横へ向ける。

携帯電話をいじっていた十時が気付き、「おはよう」と笑い、響の前髪を撫でてくれた。その優しい指先にどきりとして、そして昨晩のことを思い返して赤面する。

「……今、何時ですか?」

「十一時半かな」

「じゅういちじはん……?」

アルバイト先を出たのが二十二時を回る頃で、それから岩間と買い物をして帰り、自宅に十時を招き入れたのは二十三時前後だっただろう。

それからしばし言い合いをしてベッドに移動したはずだが、いつ行為が終わったのか、わからない。勿論着替えた覚えもない。

――えっと……?

好きだと言われ、求められたのを嬉しく思いながらも限界を迎えて泣いた記憶はあるが、途中からはところどころ曖昧だ。

意識が途切れる間際には、空が白み始めていた気がする。

――き、記憶が……。

取り敢えずトイレに行こう、それから心配をかけた親友に連絡して、算段をつけベッドから身を起こそうとする。けれど、体が動かなかった。正確には、思ったように動かせなかった。

主に腰が重くていうことをきかない。

そして、内腿《うちもも》や腹筋のあたりなど、普段使わない場所の筋肉が軋《きし》んでいる。

なんとか頑張ってベッドから這《は》いだそうとしたら落ちそうになって、十時に抱き留められてしまった。

「……っ!」

「大丈夫か?」

触れられた腕に、昨晩のことが思い返されて、赤面してしまう。十時は苦笑して、響を抱き起こしてくれた。

「悪い。ちょっと無茶したかもしれない」

「……本当ですよ。俺、初心者なのに」

ちょっと意地悪のつもりでつつくと、十時は真面目くさった顔をして、頷いた。

「だって、したいと思ってしたの、初めてで。……全然収まらなくて、俺もびっくりした」

冗談で言った言葉にとんでもない返球があって、響は絶句し、羞恥に身を震わせた。

「あ、朝からする会話じゃないですよね……」

「ああ、ごめん。今までセックスってなんとなく気持ちいいから、ってしてきたのに、響とは全然違ってて。……こんなの初めてで夢中になった。無茶してごめん」

素直に謝りながら、割とどんでもないことを十時は言ったのではないのだろうか。後朝《きぬぎぬ》に他の事例を引き合いに出すのはどうかと響は思いつつも、「初めて」と言われたのにはときめいた。

彼の「初めて」をひとつでも、自分がもらうことが出来たのだという事実に、やっぱり嬉しくなる。

そういえば、昨夜もそんなことを言っていた。切羽詰《せっぱつ》まった声で「響が欲しい。響の全部が欲しい」と言われたのを覚えている。

そして、掻《か》き口説《くど》かれて自分がめろめろに蕩《とろ》けたのも。

「……駄目です。許さない」

敢えて厳しく告げた言葉に、十時がざっと顔色を失《な》くす。

自分の一言に一喜一憂《いっきいちゆう》する十時に、響は形容しがたい気持ちになった。それはすぐ愛しさに変わる。

「まずは、トイレに連れてってください」

動けないんです、と言うと、十時は慌てて響を抱きかかえた。

小柄で細身とはいえ、響は男なのでそれなりに重いはずだ。けれど、十時はまるで少女漫画の登場人物のように、軽々と横抱きに抱き上げる。あまりに安定感があるので、素直に感心してしまった。

「……なに？」

朝日に照らされた十時の顔はやけに美しく、響は言葉を失う。

――ちょっと、かっこいいな、もう……。

至近距離にある美貌につい見惚れていると、不意にその顔が寄ってきた。軽く音を立てて重ねられた唇に、ひゃっと飛びあがる。

「な、なに……」

「響、好きだよ。……俺と付き合って」

そう囁いて、十時が響の頰にキスをする。今まで聞いたこともない柔らかな声音に、ひどく居た堪れない気分になってしまった。

「……どうなの？」

「お、俺も……」

好きです、と消え入りそうな声で伝えると、十時は満面の笑みで「ん？」と首を傾げた。

「なに？」

「っ、聞こえてるくせに……！」

「聞こえなかった。はっきり言って。なんだって？」

意地悪なことを言う十時を睨むと、彼が今まで見たこともないような蕩《とろ》けるような表情を浮かべていて、思わず口を閉じる。

揶揄われているかと思っていたがそうではなくて、十時はただ、響の「好き」を待っているのだ。

期待に満ちた瞳を向けられ、響は赤面する。

「だから——……」

あなたのことが好きです。

そうはっきり言おうとしたのに、十時に言葉ごとキスで塞がれた。

フィードバック恋愛回路

feedback love circuit

十時佑仁《とときゆうじん》は、恋心というものを抱《いだ》いたことがなかった。

友人たちが好きな女の子の話をしているのを聞いたり、周囲の女の子に誰か好きな人はいるのかと迫《せま》られたりしたことで、そういえば恋ってなんだろう、と首を傾《かし》げていたものだ。

姉の少女漫画を読んで勉強してみたりしたが、面白《おもしろ》いな、素敵だな、という感想を持つことはあっても、自分自身には一向に「恋」というものは訪れない。誰かを思って胸が張り裂けそうな夜を過ごすことも、誰かを見ているだけで泣きたい気持ちになることも、「お前にだけキスしたいんだ」などと思うことも、一度もなかった。告白された相手と付き合ってみても、いつも結果は同じだ。

友愛の気持ちは持ち合わせていたし、エロい話にも普通に興味はあって、性欲そのものもちゃんと備わっている。――だが、「恋」ができない。

もしかしたら自分はゲイなのでは、と思い、告白してきた男子と付き合ってみたら、「女子相手よりちょっと興奮するかも」という感想を抱いたものの、その程度だ。

十時は思春期の頃から大学生に至る現在まで、男女ともに付き合ってみたが、誰かに「恋」をしたことがない。

そんな話を友人たちにしたところ、「お前は恋愛音痴《おんち》だ」と言われ、腑《ふ》に落ちた。

なるほど、自分は恋愛音痴なのだ。だから、恋愛がよくわからないのだろう。音痴の歌が上《う》手《ま》くなったり、運動音痴がスポーツ万能になったりはしない。恋愛音痴もきっと同じだ。そう結論づけた。頑張ればある程度改善できるのかもしれないが、あまり期待はしていなかった。

そんな十時の目の前に現れたのが、仲条響《なかじょうひびき》だった。


「……響ってさ、あいつのなにがよかったの？」

金曜日、今日は響が夕方からアルバイトがあるというので、大学の近くのドーナツ屋で短めのデートだ。秋も深まって肌寒くなっても十時はアイスコーヒーだが、響はあたたかいカフェオレを飲んでいる。体温低いもんなあと、思いつつそんな問いかけをした十時に、対面に座っていた響は目を丸くした。

——あ、可愛《かわい》い。

性格的におとなしく、自分がゲイであるということで子供の頃から苦い思いをすることが多かったという響は、表情がどこか憂《うれ》いを帯びている。

そういう響が笑ったり焦《あせ》ったり怒ったり、子供っぽい顔をしたりするのを、十時は好ましいと思っていた。

今「きょとん」としたのも、思いの外《ほか》可愛かった。丁度《ちょうど》ドーナツを食べたタイミングだったので、もごもご口を動かしているのも小動物っぽくていい。

響は口の中の物を咀嚼《そしゃく》して飲み込み、そしてようやく口を開いた。

「あいつって？」

「倉持《くらもち》」

十時の出した名前に、響が微妙な表情になった。

倉持は十時と同じ学部、同じゼミの友人で、響が大学入学後からずっと恋していた相手だ。

決して人間的に悪い男ではないのだが、いつもじっと視線を向けて来たり、同じ講義をいくつも倉持と合わせるように取っていたりする響に、ストレスを貯《た》めていたのだ。

それは専《もっぱ》ら大学内での話で、自宅にまでついてくるとか遊びに行った先に現れるとか、そういうことはなかったものの、倉持が精神的に参っていたので、大学にいる間だけでも物理的にも精神的にも「壁」になってやるから、と十時が申し出た。

よく倉持が「なんでまともに喋《しゃべ》ったこともないのに……」と項垂《うなだ》れていたため、そんな間柄《あいだがら》で執着《しゅうちゃく》するのはどういう理由なのだろう、と疑問に思ったのもある。

それが、十時と響が付き合う、そもそものきっかけだった。

「……だから、一目惚《ひとめぼ》れだったたって言ったじゃないですか。今更なんでそんなこと……」

微《かす》かに眉《まゆ》を寄せながら、響はカフェオレを口に運ぶ。

「うん。聞いた」

「じゃあ、なんでもっかい同じこと訊《き》くんですか……」

倉持は覚えていなかったが、響が入学したての頃に、親切にされたのが好きになったきっかけだったと言っていた。それから、近づくことはおろか、特に喋ったりすることもなかったというのに、片想いを続けていたのだと。

本人としては「同性同士で思いが通じるはずがない」という思考から、ただ見ているだけで満足だと思ったようなのだが、相手の性別に関わらず、一年以上も無言で見つめられるというのは結構精神的に来るものがあっただろう。あの頃の倉持も、響のせいで少しおかしくなっていたような気がする。

もっとも、十時だったら一年も経《た》つ前に「なんか用？」と話しかけてしまうところだが。

「あのね、十時さん。人を好きになるのには色々理由っていうのはあると思いますよ。でも、全ての恋愛のきっかけが必ずしも整っていて論理的とは限らないんですよ」

「うん、それも前聞いた」

十時の概念《がいねん》にある「恋愛」は、概《おおむ》ねドラマや姉の蔵書である恋愛漫画から構築されていて、そういう創作物には必ず「５Ｗ１Ｈ」でどのように恋に落ちたかの説明がなされていたのだ。

そうでない場合は、まるで天啓があったかのような、雷で撃たれたような「恋に落ちる」場面というのが存在した。大ゴマを使い、モノローグがついていたり、十把一絡《じっぱひとから》げのキャラとは違う輝きのフィルターがかかったり、はいこの人は今恋に落ちましたよ、と明確に示されたりしていた。

だが、必ずしもそうだとは限らないのだと、響と一緒にいたことで知ったし、十時も響への恋愛感情を自覚したときにそういったものはなかった。

自分の恋愛遍歴《へんれき》を振り返ってみて、響との恋のように見過ごしてきたものもあったのか、と考えることもあったけれど思い当たるものはなく、これが初恋だと十時は思っている。

「その辺はもう理解した。うん」

「……それはよかったです」

じゃあなんなんだと言いたげに、響が息を吐く。

自覚した初めての「恋」には、やっぱり不可解なこともあるのだ。

「でもさ、一目惚れってことは、あいつのビジュアルが好きってことでもあるんだろ?」

「いや、まあ、それは」

ごにょごにょと言い淀《よど》んでしまった響に、十時は自分から尋ねたくせに、もやもやとした気持ちが体の中に広がっていくのを感じた。

――なんか、面白《おもしろ》くないなー……。

ぶすくれてしまいそうだったのを誤魔化すために、十時はストローを吸う。でも結局我慢出来ずに、「あのさ」と口を開いた。

「はい?」

「俺、あいつとは全然見た目、似てないじゃん？」

「え？　まあそうですね」

長身の部類に入る十時に比べ、倉持は中背で身長は十センチほど低い。それに十時は小さい頃から空手を続けているので、筋肉質だし、力もある。

顔立ちにしても、十時は派手めでよく「アイドル顔」と言われるが、倉持のほうは眼鏡のせいもあってか少し神経質そうな、繊細《せんさい》な雰囲気の持ち主だ。

友人としては仲良くしているが、見た目だけなら結構タイプが違う。――ということに気づき、付き合い始めてから疑問に思っていた。

「あのさ、俺と倉持、どっちの見た目のほうが好みなの？」

「えっ……」

響の頬が、ぽわっとピンクに染まる。可愛いな、と思ったけれど、どういう意味で赤面したのかはわからなくて、それがもし倉持のことを想起してだったとしたらとても面白くない。

十時は頬杖をつきながら、手を伸ばして響の頬に触れた。びくっと響が体を強張らせる。

「なあ、どっち」

「どっちって、それは……その、十時さんのほうが好きですよ」

ぼそぼそと返した言葉が本当かどうかは知れないが、好きという答えが返ってきてほっとした。

「……こんなところでなにを言わせるんですか」

ぷにぷにと頬を摘《つま》んで柔らかさを堪能《たんのう》していたら、小さな声で咎《とが》められた。響は頬を染めたまま睨《にら》んでくる。

困らせてしまったな、と反省する一方で、自分の言動で色々な様子を見せてくれる響が愛《いと》しかった。

——……ここが店の中じゃなかったら、キスしてるのに。

したいなあ、と十時は響の唇を見つめる。

特にケアをしているわけではないようなのだが、響の唇はいつも柔らかい。結構回数は重ねたはずなのにまだ慣れないようで、キスをするたびに小さく震えている。そのくせ従順に、十時の唇に応《こた》えてくれるのだ。

——あー……キスしたい……。

今日はまだしていない。帰り際、不意打ちでしてしまおうか。キスしたあとの響を、十時は想像する。誰かに見られたと怒るかもしれないし、恥ずかしそうに俯《うつむ》くかもしれない。

無意識に自分の唇を舐《な》めると、視線の先にあった響の唇が躊躇《ためら》いがちに動いた。

「あの、十時さん」

「んー……?」

「み、耳……やめてください」

耳？　と鸚鵡返《おうむがえ》しに口にして、響の頬に触れていたはずの手が彼の耳に移動していたことに気がついた。無意識に、親指と人差指で響の耳殻《じかく》を擦《こす》りつつ、中指で耳朶《じだ》を弄《いじ》っていたらしい。

「あ、ごめん」

ぱっと手を離すと、響は椅子の背凭《せもた》れに背を預けるように距離を取り、弄られた左耳を手で押さえた。

さっきまでピンクだった頬は、真っ赤だ。

妙にやらしい真似をしてしまった、と内心焦りながらも、動揺を隠してじっと響を見つめる。響はますます顔を赤くして俯き、消え入るような声で「見ないでください……」と言った。

どくん、と心臓が大きく跳ね上がったような気がする。

響、と名前を呼ぼうとしたら、響は勢いよく立ち上がった。その目が潤《うる》んでいて、十時は思わず凝視《ぎょうし》してしまう。

「……俺、バイトあるんでもう行きます」

「あ、待った俺も行く」

十時も席を立ち、響の分のトレイも一緒に片付ける。

警戒されないように若干距離を取って、並んで駅まで向かった。響は唇を結び、少し俯きがちに歩いている。

――……怒ってる、わけじゃないよな？

顔を覗き込みたい衝動を抑え、ちらちらと響をうかがった。時折目が合って、響は眉尻《まゆじり》を下げてまた俯く。髪の隙間から零《こぼ》れて見える項《うなじ》がやっぱり火照《ほて》っていた。

——なんかスマン。でもエロい。

多分響は怒っているか恥ずかしがっているのだが、その様子が可愛くてエロい。

そこそこ性欲は薄めのほうだと思っていたのに、響といるとふとした拍子にムラっとすることがある。これも響と付き合い始めてから知った新たな自分の一面でもあった。


十時は上り線、響は下り線に乗るので、ホームでお別れになる。午後三時過ぎで人のまばらなホームに降りると、すぐに下り線のアナウンスが鳴った。

「じゃ、バイト頑張って」

結局店を出てから無言のまま此処まで来てしまったので、別れ際くらいは声をかける。

少々名残惜《なごりお》しい気持ちはあったが、引き止めるわけにもいかない。

響はちらりと顔を上げて、また眉を下げた。

「ん？　どうした？」

「あの……い、嫌とかじゃないんです。ただ」

「うん。恥ずかしかったんだろ？　ごめんごめん」

無意識に触ってしまった上に気に病ませて悪かったなと思いつつ軽く謝ると、響は微《かす》かに目を瞠《みは》り、それからほっと息を吐いた。

——あ。もしかしてここまで黙ってたから、俺が怒ってるとか思ったのかな？

優しく頭をぽんぽんと叩くと、安心したのか、ようやく響は笑ってくれた。

——余計なことを言って怒らせたくなかったし、あと恥ずかしそうな響を堪能《たんのう》してた……とか言ったら変態くせえか。

だが無言のままでは響を不安にさせたようだ、と十時は少し反省する。

気をつけないとなと思う一方で、十時は「あっ」と声を上げた。

「えっ？」

「でも、これからも触りたくなったら触るから。それは謝っとく。先に」

響は一瞬目を丸くし、それから一度は落ち着いた顔色を再び真っ赤にした。そして、手の甲でごしごしと唇をこすってから、上目遣《うわめづか》いに十時を見やる。

「……あの、はい」

馬鹿じゃないんですかとか、こんなところでなに言ってんですか、と怒られるかと思ったら、はにかみながら頷かれるのは想定外だ。

その目元が朱に染まっていて色っぽい。

無自覚に十時は手を伸ばしかけたが、ホームに到着した電車の轟音《ごうおん》にはっとして、引っ込めた。

「……あの、十時さん」

電車のドアが開く。

「……夜、バイトが終わったら電話してもいいですか？」

躊躇いがちに問われた瞬間、胃痛にも似た感覚に襲われて、十時は思わず息を呑《の》んだ。

「——勿論《もちろん》。待ってる」

すぐに返すと、響が頬を緩《ゆる》めた。綻《ほころ》ぶようなその笑顔に、また鈍《にぶ》い痛みが襲ってくる。

響が電車に乗り込んで数秒後、ドアが閉まった。動き出した電車の中で、響が手を振る。十時も笑顔で手を振り返した。

そして、その手を鳩尾《みぞおち》のあたりに当てる。

——なんか、心臓を雑巾絞《ぞうきんしぼ》りされてる感じだ。

響と一緒にいると時折、こういうことがある。

十時は子供の頃から大病をしたことがなく、風邪《かぜ》も滅多《めった》に引かない。体が不調を訴《うった》えることに慣れていない。

それなのに、このところやけに胸やら胃やら、そのあたりがおかしい。痛いというか苦しいというか、とにかく変なのだ。

——……響が傍《そば》にいると、こうなるんだよなぁ。

頭を掻《か》き、上りのホームに体の向きを変える。

先程、電話を待っていると言ったときの響の顔を思い浮かべる。またぎゅうっと心臓のあたりが縮《ちぢ》こまるような感じがあった。

前にも味わったことのあるこの感覚を、十時は覚えている。

——罪悪感、ってやつだろうなー……。

付き合い始める前、響を泣かせてしまったときと同じなのだ。あれは、紛《まぎ》れもなく罪悪感だった。

思い出すだけで、胃が痛くなる。

充分反省したつもりだったけれど、まだ響を見て罪悪感を抱いているのだ。

きっと響はもう自分を許してくれているだろうけれど。

電話をする、とはにかんだときの響の顔を思い浮かべて、また呼吸が詰まりそうになる。これは重症だ、と思いながら、十時はやってきた電車に乗り込んだ。

十時のほうはアルバイトもなく暇《ひま》だったので、響から電話が来るまでの時間を潰《つぶ》そうと、そのまま繁華街に出た。

適当に服を見たり書店に行ったりしつつ、やはり時間潰しのためにカフェに入る。金曜日の夕方ということもあって、多少店内は混雑していた。

先程響とドーナツ屋に入って腹は減っていなかったので、アイスティーだけを注文する。トレイを持って席を探していたら、ほんの小さな声で「げっ」と聞こえてきた。

咄嗟《とっさ》に声のしたほうを見やると、テーブル席に響の友人が座っている。

「えーと……岩間《いわま》」

「……呼び捨てですか。ドーモ」

太い黒縁《くろぶち》のボストン型の眼鏡《めがね》の奥の目を眇《すが》めて、岩間は息を吐《は》いた。そういえば、名前をちゃんと呼ぶのは初めてかも知れない、と思い至る。前に会ったときは眼鏡をかけていなかった気もするが、オシャレメガネだろうか。

「なーに？　君付けがいい？」

「いや……うーん、呼び捨てのほうがいいっすね、それなら」

彼は同じ大学とはいえ、十時や響たちの文学部とは同じ敷地内だがほぼ接点のない工学部で、響とはアルバイト先が一緒ということで仲良くなったらしい。

仲はだいぶ良いらしく、彼は響の恋愛事情を知っていて、響が十時や倉持からされた仕打ちを把握《はあく》しているせいか、あまり十時たちにいい印象を持っていないようだ。

付き合い始めた頃、響から報告を受けた彼は当然ながらとても心配したらしいと聞いている。今でも心配しているのだろうし、一度抱いた不信感や敵愾心《てきがいしん》は早々には払拭《ふっしょく》されないに違いない。

——でも、いい機会だし。

折角《せっかく》だから、と十時は他の席が空《あ》いているのをわかっていて、岩間の対面の席にトレイを置いた。

ぎょっとした顔で、岩間がトレイと十時を見比べる。

「ここいい？」

「……いや、他に席空いてるじゃないっすか」

「まあいいじゃん。店内も混み合ってきたし。同じ大学のよしみでさ」

自分でもなにを言っているのやらと思いながら、引いた椅子に腰をおろした。岩間はあっけに取られた様子だったが、今更「どいて」とも言いづらいらしい。

自分のトレイを少し下げて、スペースを開けてくれた。

「どーも」

「……いーえ」

「そういえば、バイト先一緒なんでしょ？　岩間は今日はバイトじゃないの？」

「ええ。そもそも俺が見に行きたい発表会があるって前々からわかってたから、今日シフト入れてなかったんで。毎週金曜日にシフト入れてる俺が休みで、だから響が代わりに入ってるんだと思いますけど」

「ああ、なるほど」

いつもは金曜日にバイトを入れていなかったので、珍しいなと思っていたのだ。

岩間は十時を見やり、そして息を吐く。

「響、十時さんと付き合うようになってから金曜と土曜は大概休むんで」

「あー、そうかもね」

付き合い始めてから、金曜日は意識的に予定をお互いあけるようにしていた。二人ともバイトのシフトが入っていなければ、十時が響の家に泊まったりするからだ。

別に平日でも荷物を持っていけば翌日響の家から直接大学に行くこともできるのだが、泊まればキスだけで終わらせる自信がない。

最初の頃はセックスの後は体が辛《つら》そうだったので、翌日は家の中で過ごしても問題がないように、金曜日に泊まり込んでいた。

「十時さんに言ってもしょうがないですけど、土曜日の夕方だったらシフト入れてもいいんじゃないんすか？」

「んー？　あはは」

週末は忙しいのに、とぶつくさ文句を言う岩間に、十時は笑顔を貼《は》り付《つ》ける。

辛い体を休ませるために土曜日はシフトを入れないようにしていたのだろうと思うが、今は充分に慣れた。だが、そのせいでかえって十時は響を離し難《がた》く、朝まで抱き続けることもある。そうなると本当に疲弊《ひへい》して夕方からバイトという感じではないのだ。

「だから、毎度休みじゃないでしょ？　たまに行ってるじゃない」

店長から頼まれてどうしても、と言って響は金曜日や土日にアルバイトに行ってしまうこともある。

「そりゃそうでしょ。週末にばっかり頑《かたく》なに休み続けてたらバイト友達なくしますよ、響」

「……そうはなってないよね？」

自分のせいで響がアルバイト先で辛い思いをしている可能性があるのかと気づいて、ひやりとする。

十時が思わず前のめりになると、岩間は片眉を上げて呆《あき》れの表情を作った。

「大丈夫ですよ。響は大人しいけど、コミュ障ってわけじゃないし空気もまあ読めるほうなんで」

「そ。ならよかった」

岩間の返答を聞き、十時はほっと胸を撫《な》で下《お》ろす。そんな十時の反応に、岩間は「わかんねえなあ」と呟いた。

「なにが？　俺のなにがいいのかってこと？」

十時の言葉に、岩間が眉を寄せる。

「いや、そういうわけじゃなくて。それも思ってますけど」

「思ってるんかい」

「思ってますよ。……なんでそこまで顔色読むのに、響を泣かせるのかなって」

「……泣いてる?」

このところは普通に仲良く出来ていたと思っていたので、岩間の科白《セリフ》に愕然《がくぜん》とする。

だが岩間は、首を振った。

「ああ、違います。今じゃなくて。前の話」

参考書のような、小難しい本を開いていた岩間は、本を閉じてテーブルの上に置き、アイスコーヒーを口に運ぶ。それから、「で?」と口を開いた。

「なにか用があったんじゃないんですか。なんですか?」

声を発したのはそっちが先では、と思いつつも、十時は目を細めた。

「響の友達だから、折角だし少しは仲良くしたいじゃん」

十時の発言に、岩間は露骨《ろこつ》に嫌そうな顔をした。

十時や響とは系統の違う、可愛らしい整った顔立ちの彼が表情を歪《ゆが》めると、非常にインパクトがある。

そういえば初対面のときも、倉持に水を浴びせられた響を目の当《ま》たりにしたせいで「てめえの友人の手綱くらい握っとけ！」と睨《にら》みつけられた。ふたりとも小柄《こがら》なので、ポメラニアンとチワワが並んでいるようだった。

まだ、岩間は十時と響が付き合うことに納得がいっていないのだろう。

「すっげえ嫌そうな顔」

笑って指摘すると、岩間は微かに目を瞠った。そして両腕を組み、十時を見やる。

「……じゃあ、この際言わせてもらいますけど」

「うん」

「俺、まだ十時さんと響が付き合うの、納得いってないんすよね」

でしょうねえ、と思ったが口には出さず、十時はストローを咥《くわ》えた。十時が反論しないのを見て取って、岩間は口を開いた。

「お忘れかもしれないですけど、俺、あんたが教室で響を笑いもんにしてたとき居合わせてたんで」

「いや、覚えてるよ」

十時の言葉に、岩間は鼻の頭にしわを寄せた。

開いた扉の向こう側に、真っ青な顔をした響が立っていた。ぼろぼろと涙を零《こぼ》して立ち尽くす姿を思い出すと、そのとき味わったのと同じ気持ちが胸に蘇《よみがえ》る。

ずしりと、鉛《なまり》でも飲んだように胸の奥が苦しくて、息が詰まりそうになるのだ。そして、苦しさの向こうから、痛みが滲《にじ》み出《だ》してくる。掻《か》き毟《むし》りたくなるような、大声を張り上げたくなるような、不快な疼痛《とうつう》だ。

それは、罪悪感というものなのだろうと思う。

「あんたあれ、どういうつもりだったわけ」

声を抑えてはいるが、その言葉に岩間の怒りがはっきりと現れていた。先程まで一応使っていた丁寧語が吹っ飛ぶほどの彼の怒りを受け止めて、十時は頷いた。

「……あれは、本当にわかんなかったんだよね」

「なにが」

「俺が、響を好きかどうかが」

はあ？　と岩間が剣呑《けんのん》な声を上げる。

だが、本当にわからなかったのだ。どう説明しようか、と十時は思案しつつ、アイスティーを啜《すす》った。

十時と倉持のグループでは、仲条響のことを話すときは「Nさん」という呼称を使っていた。当時倉持を悩ませていた響は、「名前を読んではいけないあの人」扱《あつか》いだったのだ。

最初に使いだしたのは誰だったかは覚えていない。十時はあまりその呼称は好きではなく、ただ窘《たしな》めるほどの思い入れも響にはなかったので見過ごしていた。

だが、あのときの会話を響に聞かれてしまった頃には響に対して友情の気持ちは抱いていたので、その呼び名を友人たちが口にするたび、もやもやと微妙な不快感を抱いていたのを覚えている。

今ならわかるが、あのときにはもう響に対して、無意識にではあるが恋愛的な意味での好意を持っていたので、響が馬鹿にされて嗤《わら》われることも、「響が倉持に恋をしている」という大前提も、どちらも気に食わなかったのだ。ただ、自覚がなくて苛《いら》ついていたけれど。

響に対する嫌な話題は今に始まったことではなかったのに、苛立ちが募《つの》ってしょうがなくなる。おまけに、響とは告白を断って以降会えておらず、彼は休みなく出ていた講義をすべて欠席していた。連絡をしても上の空の返信があるばかり。

気になって、空手部の後輩に訊いたら、他の講義には出ているそうで、倉持と――十時と重なる授業だけを休んでいるのだと知り、少しむっとした。

「――なあ十時、Nさんに告《コク》られたってマジ?」

苛々の正体がわからず悶々《もんもん》としていた中、グループ内の友人にそう問われて、はっとした。

響から告白されて、十時は断ったのだ。

仲のいい後輩で、思ったよりも気が合って、一緒にいると楽で――なんとなくしたくなって、キスまでしてしまった後のことだった。

けれど、十時は恋愛がわからないと響に伝えていたし、やはり響に対して恋愛感情を持っているという自覚がなかった。だから、断ったのだ。今までだったらなんとなく付き合ってしまったかもしれないけれど、そういういい加減なつもりで付き合ってはいけない相手だと思ったから。

ただ、そもそもの話として、倉持が響からの視線に悩んでいて、響の気をそらしたり窘めたりする役を買って出ていたので、倉持には「響から告白された」ということだけは伝えていた。

無自覚に混乱していたこともあり、なにか言ってもらえるかと思ったが、倉持から返ってきたのは「ありがとう、助かった」という類《たぐ》いの言葉のみだった。

しかもその場の遣《や》り取《と》りで終わらせた話だと思っていたのに、どうやら倉持は、同じグループでその話を共有してしまっていたらしい。

――なんのために二人だけでやりとりしたと思ってるんだよ。

そういう抗議を視線に籠《こ》めたら、倉持は気まずげに視線を逸《そ》らしてしまった。

もう長いことグループ内では響の話題が出ていたので、響の気持ちが倉持から逸れたことで俄《にわか》にお祝いムードとなる。

口の悪い友人が調子に乗って「ゲイって男なら誰でもいいんじゃねえの?」と言ったのには流石《さすが》にむっとした。

十時がバイであるということに対しても配慮《はいりょ》を欠いているし、なにより響はゲイだから自分を好きになったわけじゃない、そのはずだ、という気持ちが湧いてくる。

そんなことよりも十時の頭の中は、ショックを受けた様子の響で一杯だった。

会いたい。会って、話がしたい。けれど、会ってなにを言えばいいのか。なんと言ったら、前のように笑いかけてくれるだろうか――。

そんなことをぼんやり考えていたら、友人が「十時もさぁ」と話を振ってきた。

「ちょっと『たらしこみ』に入ってただろ？　なに、好みだったのか」

「――別に、そういうんじゃない」

響は十時の好みではなかった。

好みのタイプではなかったが、一緒にいて、楽しかった。

響とともにいて心地いいと思う瞬間はいつもあって、彼の一生懸命な姿が好ましくて。恋路を邪魔した十時が恋愛音痴だと言ったら迷惑そうにしながらも付き合ってくれた。――恋愛的な意味で、好きです、と言われるなんて思ってもみなかった。

あの日の響の顔が蘇り、ずきずきと痛みを訴え始めた胸を誤魔化すように、十時は息を吐く。

「……でもまあ、ちょっと『試して』みたけど」

たらしこんだわけじゃない。ただ、試してみたかったのだ。

暗い夜、一緒に祭りを見ていたら、どうしてか離れがたい気持ちになった。倉持と話して笑顔になった響に、なんだか面白くないという気持ちもあった。花火に照らされた横顔が綺麗で、ずっと見ていたいと感じた。そうしたら不意にこちらを見た響と視線が合って——もしかしたら、自分は「恋をした」のではないか、と思ったのだ。

だから、キスをしてみた。

唇を重ねたら、なにかがわかるかもしれない。変わるかもしれない。

子供の頃から読んでいた少女漫画のように、目の前がぱっと開け、雷にうたれたような衝撃を覚えるかもしれない。高いところから落下するような気持ちで、恋に落ちるかもしれない。

そう期待して唇を重ねたが、なにも、変わったことは起きなかった。十時に恋という名の天啓は訪れなかった。

ただ、眼前の響が驚いた顔をしていて、なんだかとても可愛いなあ、という感想を抱いたのだ。

——もしかしたら、響とだったらって思ったけど……違った。なにも変わらなかった。

そのときは本当にがっかりして、響とはすぐに別れた。

けれど家に帰ってからもなんだか変な感じで、もやもやして、無意識に携帯電話を見ていた。

その後、響から告白されたときも戸惑ったのだ。違うのに、と思って。

そんなことをつらつらと考えている間、十時そっちのけで盛り上がっている友人たちの会話は聞こえなかった。

ぼんやりしているうちに教室の扉があき、そこに泣いている響と、心配そうな顔をした岩間が立っていたのだ。

「――そしたら頭が真っ白になって、そのあと響に会いに行くまでの間のこと、あんま覚えてない」

十時が説明し終わってそう結ぶと、岩間はなんとも形容しがたい顔をしていた。眉根を寄せ、考え込む仕草をしながら「……あぁ？」と首をひねっている。

岩間がうんうんと唸《うな》りながら、手を額に持っていった。

「……えーと……？　話を聞いても理解できないっていうか……」

「うん、俺も理解できなかったし」

咥えたままのストローで、グラスの中身のアイスティーを攪拌《かくはん》する。

けれど岩間は「いや、そうじゃなくて！」と声を張った。ちらちらと、周囲の視線が飛んでくる。岩間は頭をぐしゃぐしゃと掻き、こちらを見据《みす》える。

「――つーか、それはもう響のことを好きだったんじゃ？」

「……やっぱそう思う？」

まるで他人事《ひとごと》のように返した十時に、岩間は困った顔になった。そして、彼の中でなにか答えが出たのか、頷く。

「いや、そうでしょ。それ以外ないでしょ」

「でもさ」

「でもじゃねえよ。あんたマジで言ってんのそれ」

こくんと首肯《しゅこう》すれば、岩間は苦々しい表情になり、息を吐きながら椅子に凭れかかる。

「あー……そういえば、なんか響から聞いたわ」

そう呟いて、岩間はもう一度、長い溜息を吐いた。

「響から？　なにを？」

「あんたが『恋愛音痴』って話。なんじゃそらって思ってたけど、今初めて納得した。あんたがカマトトぶって知らない振りしてるんじゃないんだったら、それは確かに恋愛音痴だ」

間違いないわ、とはっきり断言されて、十時は複雑な気分を味わう。

周囲の友人ですら、そこまで直截《ちょくせつ》に「恋愛音痴」とは言わない。十時があまり恋愛の話をしないというか、しようもないからだが、どちらかと言うと彼らは十時の「恋愛音痴ぶり」を「飽《あ》きの早いモテ男」とか「モテるがゆえに女心・男心がわからない朴念仁《ぼくねんじん》」程度にしか思っていない節もある。

なるほどねえ、と呆れ果てた声で言って、岩間が眼鏡のフレームの位置を直した。

「要するに、あんたは少女漫画のあの『恋愛ストーリー』が『恋愛』ってもんだと思ってて、それ以外はそうじゃないって思い込んでるんでしょ」

「思い込んでいるというか、まあ……」

最近それが「思い込み」であると知ったというか。

「あれはフィクション。創作物。実際の人間はキラッキラのエフェクトしょって立たないでしょ？」

「それはそうだけど……」

「少女漫画好きの十時さんにこの譬《たと》えはまずいかもしれないけど、AVみたいなもんだよ」

岩間は足を組み直しながら、そんなことを言う。

「AV？」

「セックスするとき、相手にあんなふうにしないでしょ。女の子だって演技なしでAVみたいになる子なんて、いなくはないけど皆じゃないでしょ」

響と同じかそれぐらい小柄《こがら》で、可愛らしい顔立ちの彼は、中身はだいぶ違うようだ。美少年と言ってもいい容貌《ようぼう》の彼からそういう科白を聞くとは思わなかったので、少々戸惑ってしまう。

一方で、彼の言うことに「なるほど」と納得もした。

「岩間はなんつーか、あれだね」

「あれ？」

「見た目と中身に割とギャップがあるね」

「そんな顔して恋愛童貞の十時さんに言われたくないですけどね」

もう童貞じゃないもん、と返して、十時はアイスティーを口に含む。けれど、響が他の人より違って見えたり、前より可愛く見えたりするのは、そういうことなのではないだろうかとも思うのだ。

そんなことをぼそぼそと伝えれば、岩間は目を丸くした。

「なんだ、感覚的にはわかってんのか」

「……というか、そういう意味で恋愛音痴だったのはちょっと前までのことだからさ」

そうじゃなければ、今響と付き合ったりしていないし、響のことを愛しく思ったりはしない。

岩間はそれもそうだねと首を竦めた。

「もうちょっと早く聞きたかったなあ、その説」

「聞いたところでそんときのあんたにわかるとは思えないっすけどね」

辛辣《しんらつ》な科白に、そうかなあ、と十時は首を傾げる。

「ま、今は無事に仲良くしてるし、響のこと好きだっていう自覚もあるんでしょ？　じゃあいいじゃないですか」

「それは……そうだけど」

「今度また泣かせたら承知しませんからね」

もっともだ、と思う気持ちがある一方で、何故《なぜ》それを岩間に言われなければならないのか、とも思う。

顔に出てしまったのか、岩間は「俺はあいつの友達なので」と呆れを滲《にじ》ませた。友達だと明言されたことでほっとする。

やれやれ、といった様子を見せながらも、岩間が笑った。

「でも」

最近少々気にかかり始めたことがあってと切り出すと、岩間は眉を顰める。

「まだなんかあるんですか」

「……そんな嫌そうな顔しなくても」

岩間のように顔立ちが整っていると、表情を歪めるだけでやけに迫力が出るものだ。

ストローを摘んでくるくる回しながら、十時は自分の友人にも、響にも言えなかったことを岩間に吐露《とろ》する。

「なんか、両想いになって一緒にいてさー、日を追うごとに罪悪感が募《つの》って……」

「いや、そんくらいでちょうどいいんじゃないの。結構ひどいことしたよ、十時さん」

「そうっすね……」

それはそうなのだが、ふとした瞬間に罪悪感に苛《さいな》まれるのだ。岩間の言うようにひどいことをしたという自覚はあって、反省もしている。省《かえり》みて後悔するべきなのだとも、思う。

だが、響は十時がそんな風にいつまでも悩んでいたら、それはそれで寂しいと感じる気もするのだ。いつまでもごめんと謝られると、気が滅入るものだろう。

そう言うと、岩間は「確かに」と納得してくれた。

「まあ、俺だったらいつまでも気にしてないで、楽しいことしようぜって思うけど」

「だろ?」

「第三者的にはもっと反省しろへコんどけって思うけどな」

「おう……」

確かに十時もそう思うけれど、それでも内省していればいいだけの話だ。

「反省はするつもりなんだけどさ、このままじゃそのうち顔に出しちゃう気がするんだよ！俺は響をもう傷つけたくないんだけどさ！　どうすりゃいい⁉」

「知らねえよ努力しろよ」

特に、楽しいことをしているときとか、キスしたりしたときとか、体を重ねたあとに話をしているときだとか、そういうときに胸がズキズキしてしまうのだ。

「我慢できんだろ、そんくらい。あんたポーカーフェイスうまそうだし」

「うまいかもしんないけどさ……こう、不意打ちで胃が痛くなるっていうか……胃でもないのかな。なんかこの辺がぎゅーっとしてさ」

掌《てのひら》で、鳩尾から臍《へそ》の上のあたりをぐるぐると捏《こ》ねる。

咄嗟《とっさ》のことだからつい顔に出たりすることもあるかもしれない。無闇に響を気に病ませたくないのだ。

「響がいないところでもたまにあるんだけど、響の前でそうなるのが多くてさ」

「……はあ」

「こう、痛いってか苦しいっていうか……胸がしくしくするっていうか」

最初は胃痛か胃もたれかと思ったくらいだったのだ。

だが、それにしては一瞬で消える。そして一瞬で蘇る。間歇的《かんけつてき》に訪れるそれに首を傾げながら病院に行ってみたものの、「異常はないが、念の為《ため》」と胃薬を出されて終わった。

「飯も喉を通らないときがあって」

「ん？」

「え？」

聞き返されて、更に首を傾げれば、岩間は「いや、続けて」と先を促《うなが》した。

「罪悪感をなくすには、罪滅ぼしというか、報《むく》いるしかないだろ？　それで一緒にいて、世話を焼いたりとか愛を深めたりとかしてると、また息苦しくなってくるっていうか」

「……はい」

「罪滅ぼしっていう気分が途中でなくなってくるのが問題なのかなー？　一緒にいるだけで嬉しい楽しい大好きみたいな気持ちになって、でも響が笑ってくれたり、好きって言ってくれたりするとますますこう、ぎゅーっと……岩間？」

喋っているうちに前傾姿勢になり始めた岩間は、もはや完全に下を向いていた。

「真面目《まじめ》に聞いてくれよ！」

「聞いてられっかこんな話。馬鹿馬鹿しい」

「なんだとー！」

十時は真剣に悩んでいるのだ。

もうこれ以上響を傷つけたくないし、なにより体調に変化を来《きた》しているので困っている。

「あんたそれマジで……いや、マジだな」

十時の顔色を見て、岩間は問いかけを引っ込めた。

なんだよぉ、と言ったが、岩間は時計を確認して、氷が溶け切ったアイスコーヒーを全て飲みきると、荷物を持って席を立った。

「岩間ぁ」

「情けない声出さんでくださいよ。あんたは友達の彼氏であって俺の友達じゃないんだから、俺に頼らないでください」

びしっと年下に告げられて、十時は眉尻を下げる。

けれどそうは言いつつも、岩間は「友達の彼氏」に対して告げるべきと思ったことがあったのだろう、鞄《かばん》を持って横をすり抜けながら、「それ、響本人に言ってみなよ」というアドバイスのようなものをくれた。

「え、なんで本人に！」

罪悪感を抱いている、ということを悟られたらきっと気を遣わせるし場合によっては傷つけるかもしれない。そういう話だったのに、何故自分からそれを伝えねばならないのか。

真逆のアドバイスに、まさか喧嘩《けんか》させようとしているのではと岩間を穿《うが》った気持ちで見つめてみたが、彼は呆れ顔で十時を見下ろしているだけだ。

「俺はさっきも言ったけど、あんたと響の仲に納得したわけじゃないよ」

岩間の言葉に、やっぱり、と落胆《らくたん》する。

だけど、と岩間は重ねた。

「――だけど、響が悲しむようなことをするつもりはない。引っ掻き回そうだなんて思ってないからそこは安心しなよ」

「そう……なのか？」

「信用するかしないかはあんた次第だけど。何度も言うけど、俺は別に、あんたらの仲に賛成なわけじゃないからさ」

じゃあね、と言って恋人の親友が踵《きびす》を返して去っていく。

その小さな背中を見ながら、親友がそこまで言うなら、と信用して十時は鞄から携帯電話を取り出した。

アルバイトを終えた響から連絡があったのは、彼が上がる二十二時を五分ほど過ぎた頃だった。

岩間と別れた後に、十時はすぐ「今日会いたい」「響んち行ってもいい?」というメッセージを送信していたのだ。

お疲れ様です、というイラストの画像が送られてきた後に、いいですよ、というメッセージが返ってきた。

明日はアルバイトの予定が入っていないのかもしれない。そんな期待をしつつ、十時はとっくに空《から》になったグラスのストローを吸った。ほのかにコーラの匂《にお》いのする空気が口に入る。

すぐに、メッセージに返信を打ち込んだ。

『俺いま、響んちの近くにいるから、二十分くらいしたら行く!』

それだけを送信して、十時はきっかり二十分後に席を立った。

あれから十時は響のアパートの最寄り駅近くのファストフード店でずっと時間を潰していたのだ。勿論、今日は無理と言われたらすぐに帰るつもりだった。

こころもち早足で、五分後に十時は響のアパートに到着する。チャイムを鳴らすと、ドアの向こうから「はーい」という声が聞こえてきた。

ドアを開けるなり、響が「お疲れ様です」と言う。

「来ちゃった」

可愛らしく小首を傾げて見せると、響が困ったように笑う。少々不発だったようだ。けれどその苦笑も可愛いなと思いながら、十時も頭を掻いて目を細めた。

「どうぞ。いらっしゃいませ」

「おっじゃましまーす」

促されて、十時は響の部屋に入った。不意打ちでやってきても、響の部屋は綺麗だ。本人は実家より荷物が少ないからだなんて言うけれど、物があるのに散らかっていないので、やはりちゃんと綺麗にしているな、という印象がある。

「うちの近くって、どこにいたんですか?」

「んー、駅前のコーヒー屋にいたー」

荷物を置きながら、十時は響を振り返る。目が合うと、響は微笑んで首を傾げた。

「なあ、響は明日バイト休み?」

「え……あ、はい」

近づきながら問いかけると、答えに少々戸惑いが滲む。意図はちゃんとわかっているらしい。

「響、飯は?」

「あ、えっと。バイト先で軽く済ませてきました。十時さんは……」

「んー。俺もなんか今日ちょこちょこ食ったり飲んだりしてて、全然腹減ってないかな」

十時は手を伸ばし、響の腰に触れる。少し強引に引き寄せると「わっ」と声を上げた。

体を密着させたら、身長差がわかりやすくなる。視線を合わせるには、響はちょっとだけ顔を上げなければならない。

目線が交わった瞬間に、また十時の胸がぎゅうっと苦しくなった。十時の目を見つめていた響の瞳が、揺らぐ。

「と、十時さん」

「……なあ、風呂入ろっか？　掃除してある？」

「あ、はい」

何度か泊まっているうちに気がついたのだが、響は風呂に入ると、その日のうちに栓《せん》を抜いて掃除を済ませてしまうタイプらしい。実家がそうしているらしく、十時が初めて泊まったときに「そうじゃないときって、どのタイミングで洗うんですか？」と言っていた。

やはり、風呂は綺麗なようなので、あとは湯を張るだけだ。

軽く十時から身を離し、響は浴室へと向かった。お湯はりをします、という音声が聞こえてくる。

「えっと……じゃあ十時さん先に……」

「一緒に入らねえの？」

尻《しり》すぼみになっていく響の声に、十時はにやっと笑う。

「……っ入りません！　お先にどうぞ！」

響は顔を真っ赤にして十時の背中を押した。十時を脱衣所に押し込み、「ごゆっくり！」と言って去っていく。

体の隅々《すみずみ》まで十時がもうとっくに見ているし、響も温泉などに入るときはまったく気にしていないというのに、どうも「彼氏と一緒にお風呂」が恥ずかしいようだ。

さりげなく冗談めかして何度か誘ってみるも、いつもこうして不発に終わる。

響の部屋の風呂は、一応トイレとは別になっているのだが、単身者用アパートのものなので、それなりに浴槽《よくそう》が小さい。こんな狭《せま》いところに一緒に入れるわけないでしょう、というのが響の使っている「一緒に入らない理由」だ。

――ま、そのうち入るけどね。一緒に。うん。

うんうん、と頷きつつ、十時は服を脱ぐ。狭いとはいえ、入ろうと思えば男二人で一緒に入れるくらいの大きさはあるのだ。

さっさと風呂から上がると、響は入れ違いに「じゃあ俺も入ってきます」と言って脱衣所に消えた。

――準備とかもあるし、俺もできる限り手伝いたいんだけどな。

準備をしているから見られたくないのかも、という可能性にも思い至る。じゃあ、準備がいらないなら一緒に入ってくれるのだろうか。しないと決めている日とか、した後とか。

——話し合いの余地があるな、その辺は。

事後に入るならば、「風呂の栓を抜かずに待ってて」と今言う必要がある。そんな申し出をしたら色々察してすぐに栓を抜かれるかもしれないが、特になにも疑問も持たずにそのままにしておいてくれるか。

下着一枚で髪を乾かしながら、そんなしょうもないことを悶々《もんもん》と考えているうちに、響が風呂から上がってきた。

Tシャツと、下はボクサーパンツだけを履《は》いた響は、小さい声で「上がりました」と言って、十時の横に腰を下ろした。

首にかけたタオルで顔を拭《ぬぐ》う響の、少し濡れた髪からシャンプーの香りが漂《ただよ》ってくる。同じものなのに、響から匂いを嗅《か》ぐと甘く感じる気がした。十時は響の項に顔を埋《うず》める。びくっと肩が跳ねたものの、響は拒絶しない。

「……いいにおい」

「同じシャンプーですよ」

もう既に何度かしたやりとりだが、十時は飽きずに繰り返す。

「でも、響からのほうがいい匂いする。俺が乾かしてやるからじっとしてな」

「あ、はい」

十時は立ち上がり、響の真後ろ、ベッドの上に腰を下ろす。足の間に響がいるような恰好《かっこう》だ。そして、自分が乾かしたときよりも丁寧に、響の髪の滴《しずく》を払った。

タオルでしっかりと拭《ふ》き、手櫛《てぐし》で整えながらドライヤーの風を当てる。十時は普段整髪料を使っているが、響は自然乾燥のままだ。自分の手の中で、響の髪がふわふわになっていく。

乾かしている最中に眠くなったらしく、響の頭が十時の太ももの上にこてんと乗っかった。

ちょうど乾かし終わったところなので、ドライヤーの電源を切る。

「お客さん、終わりましたよ」

半分笑いながらそう声をかけ、響の頭を撫《な》でる。ゆっくりと体を起こした響の顎《あご》に触れ、優しく上向かせた。

指先で喉のあたりに触れると、響が目を細める。首の付け根、首筋、耳の下、耳朶、と順に触れた。

擽《くすぐ》ったいのか、響がふふっと笑みを零す。十時も笑って、響の唇に自分の唇を重ねた。

「……っ」

体勢が不安定なので、すぐにキスを解《ほど》き、促して響を膝の上に乗せる。

向かい合わせに座った状態で、十時は響の後頭部に手をやり、引き寄せた。奪うようにキスをして、響の唇を開かせる。微かに開いた隙間に、すぐに舌を差し込んだ。

「ん、ん……」

舌を絡め、吸い、響の口腔内《こうこうない》の感じる部分を愛撫《あいぶ》するように蹂躙《じゅうりん》する。まだ慣れないながらも、一生懸命応えようとする響に、また十時の胸が苦しくなった。

別に、前のように試そうと思っているわけでも嘘をついているわけでもないのにどうして、と愕然とする。

「ん……、とときさん……？」

突如《とつじょ》動きの鈍った十時に、響が不思議そうな声を上げる。

なんでもない、とばかりに十時は響の腰に回した手を、下着の中に突っ込んだ。突然生肌の尻を触られた響が、「ふえっ」と可愛らしい声を上げた。

「……脱がせていい？」

「じ、自分で脱ぎます……っ」

響が膝から下り、二人でベッドの上に移動する。響が自分で脱ぎ始めたので、十時も一枚だけ残していた下着を脱いだ。

恥ずかしそうに、躊躇いがちに服を脱ぐ恋人の姿をじっと眺めていると、響が視線に気づいて頬を染めた。そしてその目は十時の下半身に注がれる。

——あ。思った以上にやる気満々だったな俺。

まだキスしかしていないと言うのに、完全に臨戦態勢になっている。

「い、いっかい……出します？」

「うーん」

響がなにかしてくれるならそれも吝《やぶさ》かではないが、もはややる気満々なので早速いただかせて欲しい、というのが正直なところだ。

「……できればすぐ入れたいんだけど、駄目？」

首を傾げて尋ねれば、響は更に真っ赤になった。立て膝になり、迫る十時に、響は唇を震わせながら後ずさった。

——う……む、胸が痛い……。

いじめているつもりはないが、罪悪感のようなものが胸を襲ってくる。覚えず胸元に手をやると、響が異変に気づいて「どうしたんですか？」と問うてきた。

「なんでもない。それより、いい？」

「い……いい、です」

「顔見ながらしたいから、足開いて？」

十時の要望に、響が泣きそうな顔になる。

そして体を震わせながら、おずおずと足を開いた。微かに勃《た》ち上《あ》がった響の性器は何度見ても綺麗な色をしていて、つい口の中に入れたくなってしまう。

だが今日はそちらよりもこっちが先だと、十時は開かれた両脚の奥に指を這《は》わせた。やはり既に浴室で準備をしてきてくれたようで、そこはとても柔《やわ》らかく、濡れていた。

少し窄《すぼ》まったそこへ指を入れ、徐々に本数を増やしていく。

響が漏らす吐息が色っぽい。無意識に唇を舐めて、十時は響の腰を抱《かか》える。

「響……」

先程からずっと固いままで、そろそろ限界に近い自分のものを、指を引き抜いた場所に押し当てた。

「あっ……」

——あ、入る……。

錯覚《さっかく》かもしれないが、時折、入れた瞬間に「引っ張られる」という感覚がある。そういうときはいつもよりも響が苦しそうではなくて——いつもよりも感じるまでの時間が短いときが多い。

「っ、く……」

少々苦しそうな声を上げる響の体に、自分のものを埋《う》め込《こ》んでいく。柔らかな内壁が啜《すす》るように蠢動《しゅんどう》しながら、十時のものを招いて包み込んだ。

熱くて濡れた響の体に、十時の腰がぞくぞくと震える。

——やべ、気持ちいい……。

やはり一発抜いてもらったほうがよかったかと、暴発しそうなのを堪《こら》えつつ響の体を優しく揺らした。

「あっ、あっ」

十時の動きに合わせて、響が可愛い声を上げる。

――あー……やべえ、出そう。

いくらなんでも早すぎると、十時は仕切り直すように息を吐き、奥まで嵌《は》めた。

「あ、ぅっ」

「っ、ごめん、苦しい？」

響はぎゅっと目を瞑《つぶ》ったまま首を横に振る。確かにその反応は苦痛というよりも、ただ感じているようにも見えた。

それを見て何故かまたずきっと胸が痛んだが、やめるどころかもっと響を感じさせたい、声を上げさせたいと思う。

深く嵌めたまま、十時は捏ねるように腰を動かした。動く度《たび》にぬち、と濡れた音が立つ。

「ん、ん、ん、んっ」

響は目に涙を滲ませ、両手で口を押さえている。十時は無理やりそれを引き剝《は》がし、唇をキスで塞《ふさ》いだ。響は「んん」とくぐもった声を上げて、十時の首元に両腕を絡めた。

「んぅ……、っんー……っ」

口の中に、響の嬌声《きょうせい》が伝ってくる。泣き声にも似ているが、十時に抱かれて気持ちいいのだと訴えるその声に、背筋が震えた。

――あー……なんかもう、胸が、辛い……。

痛くて痛くて堪らない。けれど体は昂《たか》ぶって、更に響を求めていた。

徐々に抜き差しする幅《はば》が大きくなり、肌と肌のぶつかる音がし始める。浅いところまで抜き、深くまで穿つ、それを繰り返しているうちに響が身悶《みもだ》える場所があるのを見つけた。

一旦《いったん》腰を止め、もう一度、今度は狙《ねら》ってそこを擦《こす》る。

「……ここ？」

「あっ！」

ごり、と切っ先で引っ搔けば、響の体がびくんと跳ねる。ぎゅっと締め付けられて、うっかり持っていかれそうになった。

十時は下唇を舐め、響の足を抱え直す。執拗《しつよう》にそこを責め立てると、響は身を反らして十時の体を押し返した。

「うぁ、っ……駄目、そこやだ……っ！」

「すげ……吸い付く……っ」

「とときさん、やだ、いや……、ぁ……っ」

消え入るような声で叫び、響の体が一瞬脱力する。そこから数秒遅れて、ぎゅうっと締め付けられる感覚があった。

「っ、う……」

「うぁ……！」

シーツの上で響の体が一度跳ねて、沈《しず》む。あ、あ、と小さく震えながら響が達した。

——っ、耐えた……。

一瞬、同時に持っていかれそうになったが、なんとか堪えた。けれど、達した響の体が、間歇的に十時のものを締め付けてくるので、まったく油断が出来ない。足の指から痺《しび》れが伝播《でんぱ》してきて、十時は唇を噛む。

——つうか、ほぼ限界……、くっそ気持ちいい……！

獣《けもの》のように荒い息を吐きながら、放心状態の響の腰を抱え直して、一気に奥まで押し込んだ。

「——っ！」

ひくっと響が喉を鳴らす。

上から覆《おお》い被《かぶ》さり、両腕で痩躯《そうく》を抱いてその首元に顔を埋め、隙間なく嵌めた響の体の奥に堪えていたものを吐き出した。

あ、あ、と声にならない声を上げて、響が十時の背中に爪《つめ》を立てた。

出しながら、十時は硬直したままの響の体を揺する。収斂《しゅうれん》する響の中を抜き差しすると、頭が真っ白になるくらいの快楽に襲われるのだ。

耳元で、吐息混じりに「駄目」と聞こえた。

なにが駄目なの、と問いかけようと思ったが、十時は暫《しばら》く響の体に没頭《ぼっとう》していた。出し切っ

たあとも腰を揺らしているうちにまた固くなり、抵抗した響の足で腰を蹴《け》られたが、心の中でごめんと謝るに留めた。

胸が痛くて、泣かせたくないと日々思っているはずなのに、響の言うことを聞いてあげられない。

「……駄目、駄目っ……、また、ぁっ！」

がくん、と両腕の中にあった響の体が、二度目の絶頂を迎えて跳ねる。だが十時が体重をかけて押さえていたので、窮屈《きゅうくつ》な思いをさせてしまった。

「とと、き、さん……おねがい、はやく……っ」

「ん……？」

言いたいことはわかったが、響の口から言ってほしくて腰を揺らしながらとぼけたふりをする。響は泣きながら十時の体に縋《すが》った。

「おねがい、もういって……っ、だしてくださ……」

殆ど呂律《ろれつ》が回らない状態で懇願《こんがん》され、幼ささえ感じる辿々《たどたど》しい言葉でいやらしいことを言われて、頭と下半身に血が集まった気がする。

「響……っ」

今までにない激しさで、響の細い体を抉《えぐ》る。健気《けなげ》に受け止めながら、響が涙混じりに嬌声を上げた。

「っ……！」

もう一度、一際強く突き上げて、十時は響の中で達した。


「──なんかあったんですか？」

「ふぁ⁉」

後始末をし終わって、響が横になっている隣にお邪魔しかけたのと同時に問われ、十時は奇声を発してしまった。

「……な、なにが？」

「なんか、様子がおかしかったから」

いつもと違った姿を見せたつもりはなかったのだが、鋭い指摘に十時は顔をこわばらせる。

そんな十時の表情に、響は「あ……ないなら、大丈夫です」と引いてしまった。十時ははっとして、首を振る。

「いやいや！　別に響に言いたくないとか、隠し事とかそういうんじゃなくて！」

十時の言葉に、響はほっとした表情になる。

そういうところは我慢しないで言ってくれよー、と思いながらも、そこは追々《おいおい》自分のことをちゃんと信用してもらって、言ってもらえるようにしないと、と課題を見つける。

「……もし、悩みがあるなら言ってくださいね」

にこ、と優しく微笑む恋人に、また心臓が雑巾絞りにされる。

こんなに可愛い響を泣かせてしまったことに対する罪悪感なんて、もう二度となくならないのではないか、一生付き合っていくしかないのでは、とさえ思う。

十時は胸を押さえて、ひとつ息を吐いた。今日会いに来たのは、ただ響を抱きたいから、というわけではないのだ。真面目な顔を作り、十時は響に向き合う。

「……実は、今日偶然響の友達の岩間と会って」

「岩間と？」

「で、岩間にちょっと悩み相談を」

「……岩間に？」

怪訝《けげん》な表情で首を傾げる響に、十時は頷いた。

「それで、『響本人に言ってみなよ』と言われたことがあって」

「はあ……」

じゃあどうぞ、と促され、十時は正直に悩みを打ち明けることにした。気まずくて、響ではなくシーツに視線を向ける。

「……響を見てると、胸が痛むんだ」

響を思うと、胸が胃痛に似た痛みを訴える。

「特に、響が笑顔になったりしたときとか、キスしたり、抱いたりしたりしてるときが顕著《けんちょ》で、苦しくてたまらなくなる」

決して嫌いになったわけじゃない。ただ、胸が痛いのだ。

「響がいないときも、響を思い出すとぎゅってなる。まだ、謝り足りないのかもしれないって思うんだけど、響を前にすると嬉しいって思って、謝るんじゃなくて触りたいって思うし」

今も、ごめんと言うより抱きしめたい気持ちが強い。ただ、それはあまりに誠意が足りない気がするので必死に堪えているのだ。

「……最近俺、朝起きてから寝るまで、響のことばっか考えてて……なあ、どう思う?」

恐る恐る顔を上げると、響は困惑した顔をしていた。

怒っているわけではないようなのでほっとしたが、眉を寄せて赤面している。

「えっと……」

ううん、と悩ましげな顔をした響に、また胸が鈍く痛む。

「あ、また。ぎゅって」

「ああ、えーと……うーん。……あの、十時さん」

「ん?」

じいっと見つめられ、十時は戸惑いながらもその綺麗な双眸《そうぼう》を見返した。

「あの……俺のこと、どう思ってます?」

「えっ?」

響がそんなことを問うてくるのは珍しい。そういえば、あまり直截な言葉で言うことはなかったかもしれない。

「好きだよ」

「あの……ちゃんと俺の目を見てください」

その指摘に、十時は響からまた目を逸《そ》らしていたことに気づいた。無意識の行動に、自分自身でも首を傾げる。

響は十時の手を握り、ピンク色の頬でこちらを見つめた。

「いままでの俺たちのこととか、俺のことを考えながら、答えてください。……俺のこと、どう思ってますか」

響に言われるまま、素直に過去を振り返る。

まだ記憶に新しい先程のベッドでの響の様子も、今目の前にいる響のことも。

「勿論、す……」

好きだと口にする前に、息が止まるかと思うほど、一際《ひときわ》心臓が痛くなる。

「——す、好き」

その瞬間、締め付けられ、絞り続けられた十時の胸の奥にある「それ」がパーンと音を立てて弾《はじ》けたような気がした。

顔に、一気に血が上るのが自分でもわかった。シーツの上で、響が小さく笑う。それが綺麗で可愛くて、ときめいた。

そう、近頃の十時を悩ませ続けていた「胸の痛み」や「罪悪感――に、似たもの」は、ときめきであり、恋心であった。

霧《きり》が一瞬で晴れるかのように、唐突にそれを理解して、そして十時は羞恥《しゅうち》に身悶《みもだ》える。

「うわああ……！」

思い切り、恋人の友人に喋ってしまった。

お前の友達にときめいてときめいて、寝ても覚めても思い続けてご飯も喉を通らない、ということを、カフェの中で延々語ってしまった。

――そりゃ呆れた顔にもなりますわな！

ぎゃああ、と心中で叫び、十時は無言でシーツの上で暴れる。

そんな十時の動揺を見て、響は苦笑いともつかない優しい笑みを湛《たた》えていた。

「……十時さん、本当に恋愛音痴だったんですね」

しみじみと呟かれ、十時は顔から火が出る思いで、シーツの上で丸まった。

あとがき

AFTERWORD

―栗城偲―

はじめましてこんにちは。栗城偲《くりきしのぶ》と申します。この度《たび》は拙作《せっさく》『バイアス恋愛回路』をお手にとって頂《いただ》きましてありがとうございました。楽しんで読んで頂けましたでしょうか……楽しんで読んで頂けましたら幸いです。

私はたまに雑誌掲載分である本篇のプロットを立てた段階で「書き下ろしはこういう話にしようかな」とメモをしているときがあるのですが、今回は結局メモを確認しないまま続篇を書きました（よくある）。

それで、今あとがきを書いている最中にネタを探そうと思って改めてそのメモを確認してみたところ、今回の続篇の大本《おおもと》になる「攻が痛い目を見る（攻ざまあ展開）」というのの他にちょこまかと色々なネタが書いてあり、そのうちの一つが「モブレイプ未遂《みすい》事件」とあって「はて?」と首を傾《かし》げました。

だ、誰がされるのだ……?

きっと攻ではないはず……でも続篇で更に受が不幸な目に? そんな馬鹿な私っぽくない……と考えを巡《めぐ》らせ、「そうだ、倉持《くらもち》だ」と思い出しました。

しかし、倉持だと思い出したはいいものの、ここに来て続篇で倉持モブレイプ（未遂ですけど）って私どんな話を書くつもりだったのだろう……。多分、それで受に助けられて倉持が改心するとかなんとかそういう話……なのだろうか。それ面白《おもしろ》いかしら。

というわけで倉持に腹を立てている読者様がいらっしゃいましたら、きっとどこかの世界線で痛い目を見ている倉持がいると思ってどうか溜飲《りゅういん》を下げてくださいませ……。

倉持が改心、と書きましたが、実際さして面識のない人に毎日じっと見つめられていたらそれはそれでストレスだとは思うんですよね。倉持も、そう悪いやつではないんです。すごくいいやつでもないんですけど。あれおかしいなフォローにならない。

ところで今回の攻は「十時」と書いて「ととき」と読むのですが、語感が可愛《かわい》いと思ってこの名字にしたはいいものの、普通に時間を書くときに若干《じゃっかん》混乱するかもしれない、ということに本文を書き始めてから気づきました。

そして受が「響《ひびき》」で韻《いん》（？）踏んじゃったなあという一方、「響と十時」と漢字で書くとあまり違和感ないですが、音にすると「ひびきととき」になって、文章を書くとき頭の中に音声が流れるタイプの私は、非常に息が詰まりそうでした（笑）。

でも可愛い名前にしたかったので名前自体は割と気に入っています。ひびきととき。

イラストは雑誌掲載時に引き続き、カゼキショウ先生に描いて頂けました！ すごくすごく嚮が儚《はかな》げで可愛らしくて、十時が爽《さわ》やかでかっこよくて可愛らしさもあって、大学生らしい瑞々《みずみず》しいイラストが本当に素敵だなあ、とラフを頂く度にわくわくしました。ドーナツ食べているところとか、壁ドンして笑っているところとか、とってもとっても可愛くて和《なご》みます。二人から新緑の匂《にお》いがしそうです。

表紙の案も沢山頂いてしまって「どれも選べない……！」と非常に迷いました。もうほんとにどれも素敵で一方に決めようとするけどもう一方がもったいなくなり。迷いすぎて一旦《いったん》担当さんとの電話を切るという（笑）。

お忙しいところ、ありがとうございました！

そしてこの本をお手にとって頂いた皆様。本当にありがとうございます。よろしければ、感想など頂ければ幸いです。

ツイッターなどやっておりますので、よろしければそちらもご覧ください。

またどこかで、お目にかかれますように。

この本を読んでのご意見、ご感想などをお寄せください。
栗城 偲先生・カゼキショウ先生へのはげましのおたよりもお待ちしております。

〒113-0024 東京都文京区西片2-19-18 新書館
[編集部へのご意見・ご感想] ディアプラス編集部「バイアス恋愛回路」係
[先生方へのおたより] ディアプラス編集部気付 ○○先生

- 初 出 -
バイアス恋愛回路：小説DEAR+17年ナツ号（vol.66）掲載のものに加筆
フィードバック恋愛回路：書き下ろし

[ばいあすれんあいかいろ]
バイアス恋愛回路
著者：栗城 偲 くりき・しのぶ

初版発行：2018 年7月 25日

発行所：株式会社 新書館
[編集] 〒113-0024
東京都文京区西片2-19-18 電話（03）3811-2631
[営業] 〒174-0043
東京都板橋区坂下1-22-14 電話（03）5970-3840
[URL] http://www.shinshokan.co.jp/

印刷・製本：株式会社光邦

ISBN978-4-403-52456-1

演劇どうですか？ イラスト 吉村
札幌の休日 全4巻 イラスト 北沢きょう
東京の休日 全2巻 イラスト 北沢きょう
夕暮れに手をつなぎ イラスト 青山十三
恋をひとかじり イラスト 三池ろむこ
友達に求愛されてます イラスト 佐倉ハイジ
特別になりたい イラスト 陵クミコ
家で恋しちゃ駄目ですか イラスト キタハラリイ

✤菅野 彰 すがの・あきら

眠れない夜の子供 イラスト 石原 理
愛がなければやってられない イラスト やまかみ梨由
17才 イラスト 坂井久仁江
恐怖のダーリン♡ イラスト 山田睦月
青春残酷物語 イラスト 山田睦月
なんでも屋ナンデモアリ アンダードッグ ①② イラスト 麻生 海
小さな君の、腕に抱かれて イラスト 木下けい子
レベッカ・ストリート イラスト 珂弐之ニカ
泣かない美人 イラスト 金ひかる
おまえが望む世界の終わりは イラスト 草間さかえ
華客の鳥 イラスト 珂弐之ニカ
色悪作家と校正者の不貞 イラスト 麻々原絵里依
色悪作家と校正者の貞節 イラスト 麻々原絵里依

✤砂原糖子 すなはら・とうこ

斜向かいのヘブン イラスト 依田沙江美
セブンティーン・ドロップス イラスト 佐倉ハイジ
純情アイランド イラスト 夏目イサク（※定価651円）
204号室の恋 イラスト 藤井咲耶
言ノ葉ノ花 イラスト 三池ろむこ
言ノ葉ノ世界 イラスト 三池ろむこ
言ノ葉ノ使い イラスト 三池ろむこ
恋のはなし イラスト 高久尚子
恋のつづき 恋のはなし② イラスト 高久尚子
虹色スコール イラスト 佐倉ハイジ
15センチメートル未満の恋 イラスト 南野ましろ
スリープ イラスト 高井戸あけみ
スイーツキングダムの王様 イラスト 二宮悦巳
セーフティ・ゲーム イラスト 金ひかる

恋惑星へようこそ イラスト 南野ましろ
恋愛できない仕事なんです イラスト 北上れん
愛になれない仕事なんです イラスト 北上れん
恋はドーナツの穴のように イラスト 宝井理人
恋じゃないみたい イラスト 小嶋めばる
全寮制男子校のお約束事 イラスト 夏目イサク
恋煩い イラスト 志水ゆき
リバーサイドベイビーズ イラスト 雨隠ギド
世界のすべてを君にあげるよ イラスト 三池ろむこ
毎日カノン、日日カノン イラスト 小椋ムク
心を半分残したままでいる①② イラスト 葛西リカコ

✤月村 奎 つきむら・けい

believe in you イラスト 佐久間智代
Spring has come! イラスト 南野ましろ
step by step イラスト 依田沙江美
もうひとつのドア イラスト 黒江ノリコ
秋霖高校第二寮 全3巻 イラスト 二宮悦巳
エンドレス・ゲーム イラスト 金ひかる（※定価682円）
エッグスタンド イラスト 二宮悦巳
きみの処方箋 イラスト 鈴木有布子
家賃 イラスト 松本 花
WISH イラスト 橋本あおい
ビター・スイート・レシピ イラスト 佐倉ハイジ
秋霖高校第二寮リターンズ 全3巻 イラスト 二宮悦巳
レジーデージー イラスト 依田沙江美
CHERRY イラスト 木下けい子
恋を知る イラスト 金ひかる
おとなり イラスト 陵クミコ
ブレッド・ウィナー イラスト 木下けい子
すき イラスト 麻々原絵里依
恋愛☆コンプレックス イラスト 陵クミコ
不器用なテレパシー イラスト 高星麻子
嫌よ嫌よも好きのうち？ イラスト 小椋ムク
teenage blue イラスト 宝井理人
50番目のファーストラブ イラスト 高久尚子
恋する臆病者 イラスト 小椋ムク
すみれびより イラスト 草間さかえ
Release イラスト 松尾マアタ

遠回りする恋心 イラスト 真生るいす
恋は甘くない？ イラスト 松尾マアタ
ずっとここできみと イラスト 竹美家らら
それは運命の恋だから イラスト 橋本あおい

✤椿姫せいら つばき・せいら

この恋、受難につき イラスト 猫野まりこ

✤鳥谷しず とりたに・しず

スリーピング・クール・ビューティ イラスト 金ひかる
流れ星ふる恋がふる イラスト 大槻ミゥ
恋の花ひらくとき イラスト 香坂あきほ
恋色ミュージアム イラスト みずかねりょう
新世界恋愛革命 イラスト 周防佑未
神の庭で恋萌ゆる イラスト 宝井さき
その兄弟、恋愛不全 イラスト Ciel
契約に咲く花は イラスト 斑目ヒロ
恋よ、ハレルヤ イラスト 佐々木久美子
探偵の処女処方箋 イラスト 金ひかる
溺愛スウィートホーム イラスト 橋本あおい
お試し花嫁、片恋中 イラスト 左京亜也
兄弟ごっこ イラスト 麻々原絵里依
紅狐の初恋草子 イラスト 笠井あゆみ

✤名倉和希 なくら・わき

はじまりは窓でした。 イラスト 阿部あかね
耳たぶに愛 イラスト 佐々木久美子
戸籍係の王子様 イラスト 高城たくみ
夜をひとりじめ イラスト 富士山ひょうた
ハッピーボウルで会いましょう イラスト 夏目イサク
神さま、お願い～恋する狐の十年愛～ イラスト 陵クミコ
愛の一筆書き イラスト 金ひかる
手をつないでキスをして イラスト Ciel
恋の魔法をかけましょう イラスト みずかねりょう
恋のプールが満ちるとき イラスト 街子マドカ
純情秘書の恋する気持ち イラスト 佳門サエコ

✤凪良ゆう なぎら・ゆう

ニアリーイコール イラスト 二宮悦巳

✤ひのもとうみ ひのもと・うみ

きみは明るい星みたいに イラスト 梨とりこ

✤宮緒 葵 みやお・あおい

奈落の底で待っていて イラスト 笠井あゆみ

✤渡海奈穂 わたるみ・なほ

甘えたがりで意地っ張り イラスト 三池ろむこ
ロマンチストなろくでなし イラスト 夏乃あゆみ
神さまと一緒 イラスト 窪スミコ
マイ・フェア・ダンディ イラスト 前田とも
夢は廃墟をかけめぐる☆ イラスト 依田沙江美
恋になるなら イラスト 富士山ひょうた
さらってよ イラスト 麻々原絵里依
正しい恋の悩み方 イラスト 佐々木久美子
手を伸ばして目を閉じないで イラスト 松本ミーコハウス
ゆっくりまっすぐ近くにおいで イラスト 金ひかる
兄弟の事情 イラスト 阿部あかね
恋人の事情 兄弟の事情2 イラスト 阿部あかね
未熟な誘惑 イラスト 二宮悦巳
たまには恋でも イラスト 佐倉ハイジ
カクゴはいいか イラスト 三池ろむこ
夢じゃないみたい イラスト カキネ
その親友と、恋人と。 イラスト 北上れん
恋でクラクラ イラスト 小嶋めばる
いばらの王子さま イラスト せのおあき
厄介と可愛げ イラスト 橋本あおい
絡まる恋の空回り イラスト 斑目ヒロ
運命かもしれない恋 イラスト 草間さかえ
ご主人様とは呼びたくない イラスト 栖山トリ子
俺のこと好きなくせに イラスト 金ひかる
さよなら恋にならない日 イラスト みずかねりょう
かわいくしててね イラスト 三池ろむこ

ディアプラスBL小説大賞
作品大募集!!

年齢、性別、経験、プロ・アマ不問!

賞と賞金

大賞:30万円 +小説ディアプラス1年分

佳作:10万円 +小説ディアプラス1年分

奨励賞:3万円 +小説ディアプラス1年分

期待作:1万円 +小説ディアプラス1年分

***トップ賞は必ず掲載!!**

***期待作以上のトップ賞受賞者には、担当編集がつき個別指導!!**

*第4次選考通過以上の希望者の方には、個別に評をお送りします。

内容

■キャラクターとストーリーが魅力的な、商業誌未発表のオリジナルBL小説。

■Hシーン必須。

■同人誌掲載作は販売・頒布を停止したもの、ネット発表作品は該当サイトから下ろしたもののみ、投稿可。なお応募作品の出版権、上映などの諸権利が生じた場合、その優先権は新書館が所持いたします。

■二重投稿、他者の権利を侵害する作品の投稿は固く禁じます。

ページ数

◆400字詰め原稿用紙換算で**120**枚以内(手書き原稿不可)。可能ならA4用紙を縦に使用し、20字×20行×2~3段でタテ書き印字してください。原稿にはノンブル(通し番号)をふり、右上をひもなどでとじてください。なお、原稿には作品のストーリー概要を400字以内で必ず添付してください。

◆応募原稿は返却いたしません。必要な方はバックアップをとってください。

しめきり 年2回:1月31日/7月31日(当日消印有効)

発表 1月31日締め切り分……小説ディアプラス・ナツ号誌上(6月20日発売)

7月31日締め切り分……小説ディアプラス・フユ号誌上(12月20日発売)

あて先 〒113-0024 東京都文京区西片2-19-18
株式会社 新書館 ディアプラスBL小説大賞 係

※応募封筒の裏に【タイトル、ページ数、ペンネーム、住所、氏名、年齢、性別、電話番号、メールアドレス、連絡可能な時間帯、作品のテーマ、執筆日数、投稿歴、投稿動機、好きなBL小説家】を明記した紙を貼って送ってください。